世界太古老

眼泪太年轻

臧棣 著

长江出版传媒 | 长江文艺出版社

臧　棣

1964年4月生在北京。1997年7月获北京大学文学博士学位。现任教于北京大学中文系，北京大学中国诗歌研究院研究员。代表性诗集有《燕园纪事》《宇宙是扁的》《骑手和豆浆》《最简单的人类动作入门》《情感教育入门》《沸腾协会》《尖锐的信任丛书》《诗歌植物学》等。曾获《南方文坛》杂志"2005年度批评家奖""中国当代十大杰出青年诗人""1979—2005中国十大先锋诗人""中国十大新锐诗歌批评家"等。

目　录

卷二　浮生学丛书

卷 一

浩瀚学简史

徜徉学简史

吊篮般的白云轻轻拎起
苍翠的群山，动作舒展得像是在
测试睡眠的效果是否良好；
会意之后，又将它们
放回到时间的边缘。所有的情绪
都稀释在柔和的阵风中。
伴奏源自一个对比：南飞的大雁
将人的孤独卷入一场哀歌，
而向北劲飞的雁群则爱抚着
更多的青大的影子；
但解释起来，就怕一条蛇
经过反复过滤，依然盘踞在
你的形状像筛子一样的纯洁中，
怎么抖动，都甩不掉。
这古老的视角，因季节而盛大，
但也只凭运气，才有效；
我们像恋人一样分开，
像神的儿女一样更激烈地
相拥在一起，加入石头的沉默，
以便非人的浪漫再也不会
从我们身上弄丢一个真相。
蔓延的芳草清理出一片旷阔，
风景的深处，更多的羚羊和红牛

已进入状态，更多的马
在咀嚼的间歇，像雄浑的雕塑，
相邻在神秘的温柔中；
偶尔移动，也不过是
梦和现实的界限，放松在
影子之歌中，就好像它们
也有过类似的感觉，从不记得
我们或许也是它们的替身。

母亲的立秋日，或北杏仁简史

敏感于立秋之际，即敏感于
小小杏仁里有一个金色的北方。
想象的轨迹更像是为了避免
人的角度经受更大的挫折；
黄经 135 度太隐蔽，远不如
杏仁活泼于历历在目——
把散落的杏仁数对了，也可以是不折
不扣的一番成就；母亲的玩笑
有时也会开得很大：你以为
小爱称里的"粒粒"就没勤苦过
一个伟大的用心吗？好吧。我承认
生命的乐趣源自一个秘密：
回味绝对高于回声。养育之恩如果
必须有一个形状的话，闪现在脑海里的，
首先就是一只闷热的汤锅。
仅仅给世界的无趣一个耳光，
还远远不够；还必须用立秋的汤锅
消灭身体里的，阴影即魔鬼。
把汤喝好了，没准底线就会清晰得
像你可以用契诃夫称一下
你的灵魂里，身体有没有超重。
骨头的选材，受父亲的影响，
从猪棒骨到牛尾，有时会变化很大；

但决定性的回味，始终来自
杏仁里有一个金色的北方。

雷雨简史

不需要伞。下面这个
理由已足够充分，撑开的伞
会挡住我的视线。

不必担心神的儿子会被浇透，
更何况这么大的雨，根本就浇不透我；
它只可能淋湿我的外表。

我的内心，经历过的起伏
远远超出了生死的落差，
它动荡得就连顺着宇宙的秘密

流走的二十五个太平洋
也没能认出。尽管如此，
不必担心乌云般的命运

会在我的脑海里失去平衡。
硬币抛向盛夏的树梢，
天光溅落时，答案却并不在风中。

以低空为半径，激烈的闪电
仿佛意识到你的目光
就在绽放的蒲公英附近；

它撕开阴沉的封条，
狂乱地焊着雷鸣的记忆。
此时黄昏将尽，世界的面目

渐渐呈现在飞旋的落叶中；
死亡并不能减弱那个意义；寂静的
山谷中，七月的雷雨带我去看你。

美人鱼简史

人生，不过是借神之手撰写的神话故事。
　　　　　　　　　　　　——安徒生

迷人的形体被呈现在
各种材料里；有的，很粗糙，
有的，已精美到色情
怎么都和它扯不上关系。
但事实上，它很难见到；
甚至在奇遇里，它也警惕着
人的眼神。它无意媲美你心里的女神；
更不需要大理石雕塑
来帮它抵抗时间对美的侵蚀——
越漂亮的雕塑，看起来
越是想利用一个静止的姿势
将它固定在世界的牢笼里。
大海的精灵，诸如此类的说法，
也显得很外围；它的美不需要被纪念。
如果个人的记忆足够真诚，
给予它的形象，就是多余的；
它不需要我们的崇拜，尤其不需要
你的见证；因为根据经验，
你很难保证：你的好奇不会被魔鬼利用；

譬如，私底下流行的
一个偏见里：它的形体看上去
并未完全进化，流畅的曲线
仅仅保留了对大海的友谊的
一种消极的顺从。而我们爬上岸，
腹鳍变成四肢，我们的形体
几乎已适应了人对自然的
无休止的征服或掠夺。除非触及
否定的残酷，否则你怎么会承认：
和它相比，我们身体的进化，
看上去更像是没能经受住
魔鬼的利诱。我更愿意设想，
它是令我们深感耻辱的一个幻影，
通过刺激人类的想象
令你渐渐靠近窄门的缝隙。
如果有人在我面前声称，
他见过真正的美人鱼；
我不会反驳他，我会选择相信：
只有魔鬼才会觉得，他确实没有说谎。

巨鹰简史，纪念圣埃克苏佩里

时间不只消耗我们，也在完成我们。

——圣埃克苏佩里

如果你去过阿根廷，它的翼展
最长可达七米；很震撼，
那姿态强烈地暴露出
一种自信的角度：你和野兔的区别
虽然也可以借助某些前提，
但其实是模糊的。逼近过
放飞的风筝，但它不是
机会主义者。很醒目的
食肉类动物，它的千里眼中
没有蜗牛。它的凶猛
不属于它自己，更像是
承担了一项不便公开
讨论的任务：敏感于风暴雨
即敏感于死亡的分配
永远都不可能是公平的。
它的孤独看起来是
它对更高的意志的选择的结果。
它将与蝴蝶比较的机会
留给了你和我，它自己径直

朝着翻滚的云端飞去——

一觉醒来，只有傻瓜

才会怀疑：法国人圣埃克苏佩里

描绘过的小王子不是

从那个方向降落到沙漠中央的。

约定的时刻，或猫人简史

第一缕夕光洒下，进食的时间
也随之到来。它出现了，
你也应该出现。非常准时，
就好像差一秒钟，你都会羞愧于
它望着你的眼神：天真中
带着原始的警醒，专注中夹杂着
深奥的审视；那样的眼神
你原来觉得绝不可能
随便出现在人和野猫之间。
如今，借着初秋的夕光再看，
那样的眼神意味比复杂还深长，
一点也不逊色于人和神之间
在久远的过去肯定发生过某种恋情。
网购的猫粮不知道合不合
它的胃口；躲在安全的距离里，
耐心地趴卧在石头上；它似乎看出了
你的举止不如原来的喂食者
动作老练。原来的喂食者隔着老远，
就能看得出来爱猫绝不只是
良心发现。而你不会是临时
头脑有点发热吧？此后的时日，
后继者即使能摆脱影响的焦虑，
也将接受无数带刺的挑战；

你需要克服责任和虚无之间的
相互拆台，以影子为神迹；
你还需要从猫对我们的耐心里
学到一点新的东西；特别的，
你需要在猫和世界之间做好你自己。

代沟简史

——悼胡续冬

轻飘的黑纱扯碎了
压低的浊云，封闭的世界里
你抽过的白沙烟，像是刚
清退过恍惚的鬼魂，依旧在袅娜
人的故事还需要几个
令美丽本身也吃惊的大开叉。
按江湖上的传闻，你和我
应该有不小的代沟；
往下看，最大胆的眼睛也已不够用；
的确很深，而且深得
似乎和有没有事实已经无关，
这倒是有点深邃你的精髓；
我甚至不会奇怪，它还会深到
连深渊都有点不好意思；
直至风格的神经都能感觉到
深到已岂止很深。按线索，
它至少深到我在北大的诗歌课上
讲读你的《太太留客》，
会收到两张颜色相反的字条：
这不是诗。老师，太震撼了；
第一次发现，诗还可以这样写。
是啊。诗还可以这样写——

虽然诗的千年轮回中，类似的感叹
也曾出现过好几次；但我知道，
这一次，用善于亢奋的身体
你带来了更活泼更精准的觉悟，
更奇妙于诗性的智慧的平衡；
第一次，诗的镜头感狠狠给
汉语的口感上了一课——
就如同抛开代沟的差别，
几代骚人面临的机遇相同：
但你凭借灵活的语言肢体，
突破了词与物的惯性，将铁一般的
记录风格焊进了新的感性。
你的荤段子，几乎不分场合，
却比灵魂的干净还干净得复杂，
效果娴熟得让躺在天国里的人
还想坐起来再吃水煮鱼。
世界的另一面，已足以
令我们好奇不已；而我有种感觉：
你比世界的另一面
还多了好几个另一面；其中，
只有很小一部分和人的另一面
打过擦边球。更多的部分，
当我们面对死后升起的彩虹，
嫌恶世界的无趣时，才意识到
在卡尔维诺的意义上，一个非常真实
令你做到了没有辜负宇宙有奇趣。

有一种北方叫秋凉简史

落叶轻轻飘向
黑暗中的落叶所有权，
面积不大，但层次很多；
积累的小秘密，天然多于自然，
才不会那么容易就脆弱于和谐很盲目呢；
诸如此类的，压力的传递
似乎最擅长刺激本能的微妙；
听上去，应该和求爱有关，
虫鸣犹如贴近地面的时间的波浪
渗向不同的心理距离：
隔着暴雨后的树影，
按远近，属于季节的变化；
隔着幽亮的苦瓜茶，
按冷热，属于节气的变化。
渗透之后，寂静是寂静的导火索；
风俗的魅力则多少有点纵容
大器注定只能晚成；
私人时间反而有太多的
诗的无私，偏向于天命可知
但是和年龄的酝酿有关；
委婉于心气相通，纯粹的体会
最好也能让着点历史的暗号；
如此，伴随着又一阵虫鸣，

斑斓的老虎摸上去

才会像天气好得即便你

远在天边，也没什么可遗憾的。

火鹤简史

很有可能，你已经想到了
但又不太敢相信：宇宙的尽头
就藏在它的身上。人的奇迹
充满了假象和厌倦的
自我损耗；一旦热烈的花形
将世界的血塑造在
卵形披针叶的感性中，
你有时反而会迟疑于
我们是不是又和
一个纯粹的例外走得太近了。
冷血的反面，燃烧的鸟
像一笔隐喻的烂账，
变形在大胆的佛焰苞深处；
无须假借多样性导致的
宽容的幻觉，就凭火热的孤独，
它已让你明白，它身上
有我们没有的东西；
而一旦你意识到这一点，
你的身上，似乎也开始出现状况，
有了我们没有的东西。

岩蕨简史

大地的寂寥中，如果有
有什么缝隙能原谅
你身上野兽的迟疑，
很显然，不为人知的忍耐
构成了它们出色的品质；

背阴的坡地上，杂交林已提前
过滤好天光；触目的碧绿
一直碧绿到仿佛可以
被你的另一种生活所借鉴。
真实的感觉中，时间是宝贵的——

多少显得有点丢人。
但这一次，情况非常不同；
卵形绿叶上完美的羽裂，
暗示你和世界之间
应该还有一场潮湿的约会。

比灵魂的翅膀，思想的羽毛，
优势似乎在你这边；
而它们的回应正如它们
和地面的距离，缺乏显眼的高度；
除此之外，比解毒，比安静于

自然的奥秘，你会输得连人生的黑暗

都懒得充当命运的借口；

比平凡中的不平凡，你也毫无胜算；

比真正的孤独，它们甚至会赢得

你就剩下尘埃做裤衩了。

卷耳简史

只有心灵美丽才会触及
和它有关的发明：
将普遍性悉数退还给
世界的晦暗，它的选择很坚决，
只留下石竹科草本的具体性
来打磨娇小的素白花冠。
如此，绿叶疗法开始的时间
远远超出了你的想象；
任何时候，无论相爱的人
多么普通，分别都是我们的神话；
分别为我们在幽静的烛光里
隐秘地区分了谁才是被奋力推开的
扑动雪白翅膀的天鹅。
但也要意识到，分别在人的故事中
很容易走样；必须时刻提醒自己——
那样的距离，或许只有
翱翔过千里的大雁才能衡量；
而人能完成的，不过是一种身体的确认：
分别会刺激情感的分泌；
以及用心体会的话，故事中的女人
注定会复杂于美丽；
毕竟，她是在用一个人的思念
对抗着命运的悬念。

地平线上的空洞，每天
都会吞噬掉好几百吨重的
时间的影子；而她的举动
很像尤利西斯的妻子珀涅罗珀——
放在地上的竹篮取代了
晃动的织布机；看上去很浅，
但采下的细叶卷耳
却怎么也都不能将它铺满。

完美的山色简史

俯瞰的结果，金色的原野
高于真实，寂静得像
一头黄牛在咀嚼五百年前
你递给它的一束干草；

阵雨过后，岩石因铁青的
棱角而突然显得性感；
带着季节的烙印，
山色完美得像一次特赦。

我在岩石的缝隙里
为你准备了我的礼物。
来吧。用你的手再次扣紧
那些微妙的凸起处，将你的身体

死死抵住时间的软肋。
我的思念甚至比人的信念更原始：
我们的游戏不会因我们之中
任何一个人的死亡而结束。

夏日素描简史

另一个例子中，非人性
已被蚜虫咬过。代价已经付出。

关注的对象因而越来越
集中到一个预感上；既然头发
都已经竖起来了，就不妨
退一步：真理是有颜色的——
就好像水蜜桃不仅好吃，
更多汁到外表的颜色
不曾输给过任何一种妖娆。
说到妖娆，命运的颜色
似乎最有发言权。世界的空洞
被疾风放大，密布的云阵
铁青着一个盛大的表情，
才不笼统于乌云呢。河堤上，
桑树的影子最跃跃欲试，
当它茂密的枝叶越来越像
展开的翅膀，你仿佛看见了
雨的颜色已将人间的动静
完全覆盖。背景音里，
只有狗叫正对着喜鹊的尾巴。

立秋心理学简史

白天，叶子有点打蔫，
但紫苏的植物听觉
似乎更灵敏了，很快就取代了
你手上的桔梗。飞翔的影子
可不知道什么叫保质期，
说来，就来，比看上去的
还新鲜。当眺望的反弹
试图纠正一个偏差时，
喜鹊像叉子，被看不见的手
从依旧繁茂的树冠里
狠狠扔出。不必吃惊，
这终归好于被拔掉了所有羽毛的
思想像叉子。深呼吸里
有麻黄的味道，算不算
有兆头很苗头？抑或，
只要西北风一吹，小嘀咕
也会嘟囔节奏的重要性；就好像一旦
遇到好白的耳朵，天籁里的
贵金属会撕裂比原因还原音。
异常清醒的时刻，起伏的蝉噪
偷偷接过一把季节的锉刀，
使劲锉着时间的皱纹；
直到秋天的宁静突破了

我们所熟悉的喧嚣的象征性，

从野外，返回到你的内心。

小挽歌简史

河边，喜鹊的身影
频繁闪过，却越来越
麻木于世界的漏洞；
而斑鸠则不同，偶尔出现，
但无论朝哪边飞，
在斑鸠消失的方向里，
仿佛总能听到有蓝色的精灵
在轻轻地咳嗽。六月的波浪
流速滞缓，仿佛欠碧绿的倦意
一个合理的解释。回音的
陡峭则意味着新的情况：
如果一首挽歌从来也不流汗，
最好把它的旋律放到
发光的斧子上去磨一磨。
雷雨到来之前，你不可再降低
这个标准，反弹的天籁
将重塑内心的共鸣。认出被死亡
偷走的时间，不算什么；
把愤怒磨成粉，用温水冲服，
早晚各一次，天使也会变成一头狮子。
最难的是，认出被美丽的悲伤
一点点偷走的时间；如果
把命运也磨成粉，你还会

趁着有热气，每次都加几片
薄荷的新鲜绿叶进去吗？

金枝简史

拨火棍的前身，但由于
平原上的雷雨发挥失常，
火，越来越抽象于下沉的天堂。

此刻，唯有雨燕的伦理学
还揪着现实的小辫子不放；
神话的动静，自然必须负全责。

高大的白杨率先看齐
榜样的力量，哗哗的喧响
将你的眼神引向生命之树的化身。

确实没有必要每次
都要当着点起的篝火发誓说
诗，不可能没有魔法。

毕竟，祈雨仪式开始之前，
颤晃的树杈多到不可计数，但只有
折断在你手上的那根，才会被当成金枝。

人之树上，也常有类似的事情发生。
你是被雷雨吐出的骨头，
好看得就像语言是时间的金枝。

蚂蚁骑士简史

虽然它不知道卡夫卡
也去过夜幕下的布拉格妓院，
但徘徊在地缝边缘的
下坠感，似乎是相通的；

承受着世界的无耻，
并听任黑与白的激烈撕扯
将道德的困惑在它身上
搓成了一个小黑球；

如果你错误地比较蜗牛和蝴蝶
在我们中间造成的
走神，它会戴上蚊子的面具
去拜访我们的变形记。

真正的建筑大师，再贫瘠的土地
也难不住它尖利的颚；布莱克的直觉
几乎是对的：在我们出现之前，
世界上的每一粒沙子

都曾被它搬运过。不要总以为
只有天鹅那样的体形
才更适合完美的化身；

它线头般的小身板，并不妨碍

它拥有良好的方位感。
迄今为止，我读到过的最好的
诗，就和它有关。很短，只有一句：
蚂蚁敲门的时候，你刚巧不在家。

现实之中，或小诗简史

连日的淫雨终于停歇，
乌云的颜色不再像一块裹尸布；
麻雀的幸福中，只有活泼
一点也不低级。

河对面，横卧在引水渠上的
小拱桥，一直都没有名字；
但从今天开始，咨询过倒影之后，
在我的见证里，它就叫彩虹桥。

蛇蜕，或龙衣简史

乱石纵容荒草，让现场的时间跨度
至少淘汰过十次轮回
和一个四千年的一激灵；
其他的迹象还算仁慈，
寂静很完美，中性得像一面镜子，
使用说明书随时都会夹在
落叶纷纷中；
　　　　　　坡脊之上，
偏南风野得像是刚刚总结过
铅灰的云也不缺少悠悠。

鸟鸣则听上去如同一次叮咛，
前提却模糊得像我们
已痛失了精灵留下的线索。
事情到这一步，
　　　　　　　它可以出场了；
或者你，也可以仅仅作为
一个正在郊游的人突然
旁观到一个秘密仪式的遗物：

皱皱的，但从蜕缩的程度看，
皮膜上仍残留着尚未
完全挥发殆尽的体液，以及

某种暧昧的干燥
                试图误导你
不曾看清那主体的蜕变
必须从头部开始，然后经历
与粗粝的大地的反复摩擦，
渐渐结束在越来越细的尾部。

这新旧的交替已被表演成
一次抛弃，就好像新生的获得
必然意味着与旧物彻底分离；
但更有可能，
                被蜕下的皮
并没有那么旧，它只是
将一个机会重新赠给了
不断挣扎的古老的身体。

它甚至变得更善于理解
众人陷入的一个普遍困境：
已丧失蜕皮能力，只能通过
将它浸入黄酒，风干，切段，
以及温火煎煮，
                来弥补一下
每个人都曾竭力否认
我们其实可以像脱下外衣一样
脱掉我们身上的人形。

暴风雨简史

视野之内，狂躁的黑风
撕扯着乌云的画皮；
把普遍性稍稍降低一点，
触目的景象就会让位于
飞旋的落叶正试图拼命
兑现着影子的含金量。
但从循环的角度看，唯心的
天象其实早已经落伍，
远不如惊飞的雀鸟
具有可观性：它们不断撞向
透明的空气之墙，就好像
在它背后，自由是一座辽阔的牢笼；
再往后，颜色偏暗的树木
看上去像变形的支柱，
撑起一个平常不易看出的结构：
"我的思想就是你的炼狱。"
听过了冰雹的打击乐，
你会赞同：人的绝望
甚至比历史的罪恶更丑陋。
但记忆的力量最终会终止
良心像一块冻过的疮疤。
如果还需要补充的话，暴风雨
最著名的制作者难道不是
手握语言长矛的莎士比亚吗？

琥珀简史

炽烈的馈赠，经历过岩浆的
高压，暗无天日的埋没，
出土时，晶莹的光泽意味着
它还瞒过了化石的圈套，
跻身于玲珑的松脂有机物。

用手掂量时，它温润得像
整个世界曾属于过一个美人；
但它更想你能回忆起
它的另一半真实：它并不止于
它是谐音的老虎的魂魄。

既是玩物，也是圣物；
但假如你的新生和别人的不同，
是从细致的触感开始的；
它可以是完美的提示物，
令你暗暗吃惊于，它从未害怕

透明于诡谲的命运。
相比之下，假如你也想知道
最终你会如何克服人的恐惧——
它会用它的透明启发你
只要继续抚摸它，淡淡的异香

就会慢慢充斥你的觉悟；
更进一步，如果抛开世界的偏见，
人也可以是它的一种效果——
心神安定之后，它梦见你
再一次将它压在了枕头下。

内在形象简史

凡过分迷人的，都会让兑现
变得比人生还被动；
为了挽回一点面子，
你需要一个外表去充当
警觉的哨兵。最好的空白
是命运。烈度再低点的话，
风的履历表最可靠，
除非你从未用舌尖舔过
晶莹的雨滴。只要耻辱
不曾失效于精神的烙印，
无名的光荣就仍会出自
黑暗中的孤独。并且很明显，
只有自觉用于一种角度时，
那曾令天使也感到吃惊的印象
才不至于背叛生命的剪影。
凭借星光，自测位置
是否有偏离时，思想的森林
已比最深的海底还幽暗。
更棘手的，不论优雅
还剩下多少真实的余地，
背影们已使不上劲。
是啊，假如人的风度
最终不能归为一种氛围，

你要那些挡箭牌又有何用?

还是维特根斯坦说得靠点谱:

人的疯狂或许只是我们的一种意外。

透明的情绪简史

翠鸟的鸣叫中，悲伤是发绿的石头；
突然的石头，令死神也心虚于酝酿。
如果仅仅是沉重，缓解的可能
就还存在于移动中；

最艰难的，冷却之后，
它犹如一个透明的罩子，
将无穷倒扣在爱的理由中，
且生硬得就像从云端跳舞归来的

雨滴，以为大地之歌又换了
新的面具。需要清洗的东西，
都在时间的反面；一直到
无论你摘下什么，虚无都很礼貌。

心窍简史

水平仪已架好，透过密叶
洒下的阳光像刚消毒过的金针；
小径延伸人生的悬念，
但都不如好奇心更体贴
道德的意味，譬如，
凡是能用主观解决的东西，
就不必再麻烦几个客观；
更何况，一旦只能平心，
美，就是把自然看得也想躺进
童年的怀抱。如果没有重生，
再多的角度，又有何用？
一边是刚刚拔过毛的觉悟，
一边是先喘口气爱才会多于真相。
时光的流逝令五月漫溢
明亮的回水；说到金睛，
望眼未必就逊色于火眼。
这又不是数数：半个宁静，
真的就那么罕见？假如半个宁静
就能让世界的前提减少三分之二。
我才不保守呢。我会把另外半个宁静
径直介绍给自我如警钟，
每个回声，都会成就一次呼吸；
假如还有没法用酒精棉按住的针眼，

就从斜坡上拔点变种的野蔷薇吧——
将七姊妹粉红的花苞狠狠插进
历史的瓶颈，令迷津起伏在夏天的地形中。

孤独简史

握紧之后，空气露出了尾巴，
哗哗的响动来自五月的风
试图从勃勃绿叶间抖落一片麻木。
比回味更直接的，有狐狸可以抽象一下，
对蔚蓝来说，其实是件好事：
至少可以给人生一个面子，
好让这西山的晚霞不至于冷场。
接着，击打的力量令你捕捉到
唯有蝴蝶才最擅长晃动世界的靶心。
最温柔的，往往也最生动于较量，
如此，在迷宫被端正之前，
最好的眼泪就是把淋漓的大汗出透，
仅留下可歌可泣婉转于
孤独是一粒点球。

鱼刺简史

烟波浩渺一个警觉，
不必辩证远近是否大小，
洞庭湖畔就很现场。
漫长的演化，但轮到你
从牙缝里将它取出，
感叹历险记的小概率时，
它的精美已充分钙化，
足以给热爱真理的人带去
一道来自深渊的寒光。

足以致命，所以你只能
从旁观者的角度提供一份揣测：
它的锋利与世界的悬念无关，
纯粹是为了那些愿意更灵敏地
深入巨浪的生灵而准备的；
而你不过是偶然的享用者——
并因为这偶然，常常卷入
我们之中究竟有谁配得上
这神秘的享用的质疑。

如果有刺痛，被刺痛的，必然涉及
我们的感恩还能否鲜美地构成
我们的命运的一个步骤。

很多时候，无须借助回音，
你就能感到，宇宙是一道耳光。
接着，鱼刺从指缝间坠落，
一个和人有关的事实很少会这样轻微；
如此，人的渺小其实也不是
一个人随便就能触及的。

金盘简史

博物馆里更常见。真轮到
把水蜜桃放上去的时候，
你的心会微微一颤；这还是
现实中的，可以被魔幻
轻轻摩擦的，私人场景吗？
或许，它从来就不适合摆放在
日常的角落里。惦记它
而绝不会被这腐蚀的心惦记，
连道德的神话都不敢轻易下注。
抑或再试一次，用点心，
把切好的木瓜放进盘心的时候，
它也曾像一个辉煌的主角，
将尘世的晦暗映衬得连命运
都有点不服气。但此刻，
水蜜桃才是等待掀起高潮的主角；
你不过是刚刚将盘子清洗过的
一个龙套。有何旁观可言？
假如它从不记得有多少生命的灰尘
就是这样已被洗掉的，
而只是专注于记得在你的眼里
它此时显现的光泽仿佛来自
被海豹舔过的那种感觉。

有关空白美学的若干前提简史

人生就是一幅画，很多颜料
都可以从磨碎的矿石中
慢慢取得。有点深奥，
但火候的确是火的空白。
加热不当的话，距离的消失
会把你变成最大的傻瓜；
相比之下，如果仅仅是位置
没弄对的话，你可能只是误判
一头大象留下的空白
和一只蚂蚁留下的空白
会有很大的不同。一只蚂蚁留下的
空白的确不会让你的脚印
变得更深，或更浅；
而一头大象留下的空白
能让所有的童年始终低于
蜻蜓的翅膀；但也没准，
真实的情况是，没有人知道
一只蝴蝶留下的空白
是不是令最无情的风暴
听上去像一声咳嗽。
渐渐暗淡的背景里，确实有
一头正在朝这边扭头的牛；
但再怎么走神，镜子里的花

也知道它并未填补过

任何空白；还要熬过多久

你才会同意这一点？你难道没注意到

不论好坏，你的心情都是

一种非常理想的空白；

感谢玫瑰或百合，还是必要的，

毕竟人生的缭绕里并非

只有茉莉勾起过香魂。

唯一的不同，面对死亡的涂抹，

只有茉莉没留下过空白；

所以真有遗憾的话，请想好了再说。

非常隐蔽的骄傲简史

我仿佛必须做点什么才能让黎明降临。

——佩索阿

前面是假山，岩石硬得需要用
空洞不断套着空洞来美化；
后面是败叶满池的荷塘，
曾经异常激越的，蛙鸣的开关
锈毁在颜色偏暗的倒影中。

秋风从季节的反面吹来，
差一点将我们重新吹回到
暧昧的起源中。如果有区别：
我们暴露在风景中
和我们只是暴露在风景面前——

会不会暴露我们
一直在使用的测量方法
辜负了这样的事情：
取道自然的馈赠也一直取道
宇宙的渺小对我们的反弹。

如果尼采的直觉是对的——

人事实上只能通过束缚自我，
才能促进高贵的灵魂微妙于
自由的感激；你愿意克服一个冷场，
进一步开放你中有我吗？

迷宫学简史

太像幽深的隧道，或太像翻修过的
面积陡然增大的地窖，
都不符合人已将你
重新定义过一千遍。

太封闭了，特别是墙壁摸上去
随时都潮乎乎的那种绝境，
牢底反而会把老底磨平，
黑暗也显得更低级。

世界性现象，迷宫是妥协的产物。
一方面，自然的奥秘
需要你加入一个神秘的喘息；
另一方面，自我的放松也需要一个消遣。

甚至无关利弊，一个简单的分类
就能暗示出，你身边还潜藏着
多少大麻烦：天堂里不会有迷宫，
地狱里也不会有迷宫。

甚至你的迷宫是否能克服人的偏见，
也是一个悬念。这杀价确实很凶：
假如哭泣不能造成倒影，乐观主义者的女儿里
怎么会有爱丽丝这样的小姐姐。

辉煌学简史

一场气氛。金碧也绷紧过
最大的悬念。人生的黯淡考验你
究竟能承受多少人的孤独，
而金碧有时会尖锐我们的眼力够不够得上：
金碧并不仅仅是由金币堆成的。

甚至辉煌都有点落伍，
对赌过人性之后，金碧里的
几个叮咚好听得就像
所有的真理都碰过壁；
才不会被世界的过客就那样

匆匆打发掉呢，我用一个忘形收敛着
人生的得意怎么会缺少
一个严肃呢。至少，我们的运气
差一点就表现在骰子转动时
人必须比死亡更输得起。

浩瀚学简史

金色的反光，辽阔的水面
不断朦胧人性中的恐惧，
直到你承认这样一个事实：
如果你已醒来，它就不仅仅是
它早已存在在那里。
它不需要你特意将它
归入现实的对立面；
它不需要别的奇迹就好像
只要你已彻底醒来，它本身
就足以把全部的奇迹
归还给秋天的芦苇荡。
它不需要见证，如果你只是路过，
一队南飞雁会用它们的叫声
将你远远甩在后面。
它不需要你加深有关它的印象，
除非你承认，你能用一个面貌
再一次发明我的新生。

绿夜简史

风是风的绿皮，透明到
甚至连时间都有点嫉妒；
风脱下自己的皮，假如你说的
冷，还有另外一层意思。

看上去像半立着的蛇，
毕竟很少见；多数情形中，
晃动的树影几乎都是为
比酩酊更淋漓准备的。

液体的镜子最容易照见真容，
而灯红却典型得像反面——
仿佛只有这样，在夸大的孤独中，
才存在着治愈的可能。

没有人能承受那样的痛苦，
但你不是人吗？一抬头，
苦月亮已竖起耳朵，
等着我们把狮子赶进永恒。

狩猎场简史

从镜子是漂在水中
还是挂在墙上，你不难判断
猎手在生命形象中的
退化程度：如果镜子由水面构成，
猎手身上凸起的青筋表明
你实际上没见过什么真正的野蛮人；
如果镜子紧贴笔直的白墙，
镜像里的猎手，即便刚刚刮过
密密麻麻的胡子，多半也只是
一种比人类的虚荣还脆弱的称呼：
从病毒猎手到黑洞猎手，
从诗歌猎手到思想猎手——
每一次，随着聚光灯
在这些人身上闪来闪去，
你的丧失已经开始，但听上去
动静不会大于你永远都不知道
从你身上流失的东西，和遥远的高原上
水土的流失究竟有何区别。
难道就不能如此假设：越是诡异，
越意味着会有更多的缝隙
存在于命运的飘忽中；而坚持锤炼
身体的思想，恢复的效果
就会明显反映在镜子的深处，

直到人的精神看起来犹如
隆起的肌肉。如此，免疫力的神话
会把你狠狠抛进一个前线——
狩猎场的轮廓依旧，连面积
都和从前一样；发生扭转的只是
猎手变得看不见了，而你被围攻着，
就好像进化史上存在过的
这么多猎物中，只有你会吐痰。

老练的天真简史

我们就拿树叶做例子吧：
曾经的，绿油油，晃动起来
像蝴蝶的替身；如今，白晃晃的，
连刚剥下的兽皮都会嫉妒。

幽灵留下的抵押物
也不可能有如此的质感。
我们就讨论一下这样的可能
是否存在：手感有时比灵感更亲切？

还没看出来吗？如果将漂浮感
从存在的印象中单独提取出来，
这茫茫无际的雪野
也不过就是一片煞白的树叶。

角度之歌过滤着大地的风声，
你甚至想过如果角度
稍有偏差的话，人的后脑勺
就会顶到一个锋利无比的家伙。

与其诀窍，不如角度真的很新颖。
毕竟，生命的秘密主要涉及想象
人之树何时会与时间之树
重合在你的老练的天真中。

翅脉简史

如果不是因为偶然
一低头，一个像你这样的人
很可能一辈子都不会用正眼注意到
它的存在：昆虫本来就小，
长在昆虫身上的它，就显得更小，
更纤细，更易脆断，以至于
将它独立出来，作为观察的对象，
你会怀疑世界的真实性
是不是在你这里出了什么差错；
一切都正常的话，为什么回溯时，
每一次，都是死亡充当了
它的介绍人；虽然你可以申辩，
不是你干的。这种事情上，
你只和你自己是同伙。
虽然这申辩有助于你对它产生
一生中仅有的一次兴趣：
乍一看，和叶脉很接近，
和人脉却构不成一个反比，
作用也很像大象身上最小的骨头
被拉成了细丝，用来支撑
一种灵活的飞翔。甚至你自己
都会有点吃惊，你毫不费力
就能想象出它是中空的，

有不明的体液慢慢渗入时，
你的神经也会跟着微微一颤。

小盐罐简史

也许。永恒欠你一座三角形的大海，
大海欠你一个章鱼新娘；
但既然这是摸底，
就不妨给人类的箴言再撒点盐，
从现在开始，我不欠死神任何东西。

雪白的放牧简史

大地的依靠，对我而言
从来就没陌生过；即使是
初来乍到，它看上去
也像一次完美的兜底。

甚至连我自己也没想到
我的坠落会轻盈得像一次例外，
就好像因为颜色的缘故，
灵魂也会受到启发的。

比天堂更高的地方
令无神论的嘴角微微翘起；
而我没时间争吵，我只想跳下去，
像放牧似的，一路奔波，

将漫天的集体舞
纯洁地留在北方的记忆里；
如果你不曾误解我的追求，
我追求的是，在大地的依靠中

睡进我的雪白。唯有准确于雪白，
你才会认出我。但我更想
分辨的是，雪白是我的睡眠，
雪，是我偶然才会用到的身体。

虎头鲨简史

围观升级啰。背鳍像
即将进化的闪烁着寒光的
金属翅膀，尾鳍则像
可疑的世界曾输给过
可疑的剪刀；不论你
是否已脱贫，它都算得上
顶级宠物。漂亮的折返
尤其表明：第六感在它身上
已沦落为一种准恶习。
绝对的观赏性随时给它上弦，
让它的野性慢慢消磨在
钢化玻璃的另一侧。
即便有人指出它实际上
不同于蓝鲨；不。它还远远
不是鲨鱼，顶多是外形
容易引起误会的一种鲶鱼。
和胆小成反比的是，在温顺中
隐藏着太深的攻击性；
只要在投食范围内，它的体形
就大得和圈养它的水域不成比例；
并且这比例的失衡会加剧
人的内疚，直到饲主将买来的泥鳅
作为一种弥补，投入鱼缸。

而浑身柔滑的泥鳅的每一次
暂时的逃脱，都只会激化
它身上淤积的原始的愤怒。
假如用一个冲刺就能结束
所有的屈辱性试探，它做到了：
撞碎玻璃的一刹那，
它也将泥鳅吞进了肚子。

泥鳅简史

出卖已成定局，低廉的，
并不只是价格；还有围绕着它的
好坏的谈论。而它自己
由于浑身布满腻滑的黏液，
几乎感觉不到谈论它的口吻
有多么粗俗，就好像它感觉不到
它作为脊索动物的无鳞的命运。
它的命运是强加给它的：
出于旁观的需要，或出于
旁观者的怜悯。至少听上去，
带鳍的人参，不太像是
一种容易被剥夺的幻觉。
凭着五根细须，它能感到
它被扔进野蛮的塑料袋，
泼了水，但绝不是出于好心；
袋口被细绳扎紧时，它似乎还能
觉察到新主人已注意到
出于死亡本能，它会拼命扭动
它无鳞的软体。就好像既然
付了钱，在表演钻豆腐之前，
它有义务将它的挣扎呈现在
世界的无知中；至于他的无知，
它已预感到，那其实和往浑水里
滴几滴香油没什么区别。

刺猬简史

白天睡觉，梦见这世界
既不是天堂也不是地狱，
无非也就传统领地被剥夺了原貌，
露出一片坑洼，工地看上去像禁区；
但只要旋转继续蔚蓝，泡沫就巨大。

入夜后，顽强的胃口
将沧桑吞咽成一个旧爱——
幼虫很多，蚂蚁最蛋白，
在其中，大量有害的传染源
转化成它的排泄物，滋养草木

一边出风头，一边欣欣向荣；
温顺是它的拿手戏，但假如
你的爱足够温情，它也会耐心地
教你领略那粗短的棘刺上
光泽度的变化究竟意味着什么。

据说，冬眠时，它能将体温调节到
零下 7 度，堪称世界上体温最低的
啮齿类动物；所以，异样的响动
一旦来自午夜的坡地，不必怀疑
它的苏醒中也包含着你的清醒。

江豚简史

湘江的尽头，减速的沅江
也贡献了一片辽阔。放眼望去，
唯有烟波依然像一种阵势，
令你成熟于风景多么背景。
就出没的概率而言，
浩渺才不满足于自然呢，
浩渺犹如它们的前戏；
更露骨的，作为一种暗示：
你绝不可能在狭窄的水域里
看到它们的身影。人生中
有很多遭遇甚至能让死亡
突然丧失可怕的深奥，
但在遭遇的意义上遭遇到它们，
几乎不可能；你只能期盼
与它们不期相遇；并在岁月的流逝中
将这偶然的情形慢慢酝酿成
一种反记忆。譬如，它们代表造物之美，
但不代表自然的机会越来越暧昧；
它们代表世界的可遇性依然不容低估，
但不代表每个人都能识破——
一旦跃出水面，那铅黑的流线体
会绷紧一个果断，并在下一刻，
如同切下去的刀，仅凭瞬间的仁慈，
就已将人生的漏洞揭示得浪花飞溅。

蝴蝶简史

青草之上，每个人都沉重得
像头受伤的牛，并因流血的创口
渐渐失去野性。而它们的轻灵
则像是赢得了野花的全票。

遭遇灵与肉的难题时，
我们的替身中仿佛只剩下蝴蝶
从不计较世界的同情心
常常缺乏一种准确的安排。

真要比大小的话，所有深渊中
越艰险的地方，越不乏它们
自由出没的身影；人的所有界限，
对它们来说，不过是幻觉即将被打破。

唯一的区别是，它们以我们为
唯一的观众，而我们却很少坦荡到
以它们为唯一的舞蹈。
宇宙之大，唯有它们的天真

敢于以我们的自私为代价——
身形那么轻巧，却足以令人生的假象
瑟瑟发抖。甚至全部的亲眼所见，

都未必能证明它们的出处。

甚至更真实或更虚构都不曾妨碍
精灵借你我察觉到一个事实：
与其说它们来自美丽的大自然，
不如说它们来自更深的内部。

我不会冲着它们说人的语言，
因为一旦开口，它们的沉默
会令死神惭愧到我们仿佛只能
从游荡的风中寻找一个答案。

马蜂窝简史

宇宙有多大，它就有多小；
它小到你我即便深入
山谷的尽头，也不一定
就能目睹它的真容；

隐蔽性很强，几乎和人类
无意之中做过的错事
成正比；它是智慧的另类结晶，
偏向于你我即使心怀大爱，

也不一定就真懂僻静的本意；
像个倒挂的小铃铛，
精致于仅凭完美的蜂蜡，
它就可以戒严得如同小小的堡垒。

你我的手也许的确很巧，
但它的材料才是用身心分泌而成的；
暴雨过后，它就像睡着了似的，
依旧垂悬在门铃的底板下。

从未低估过大自然的险恶，
如果有忽略，仿佛只是人的好奇心
被有意暧昧了；如果它是被捅掉的，
你敢说你是合格的证人吗？

蚂蚁语言学简史

白露刚过，如果缺乏敏锐，
你不会注意到，蚂蚁身上的黑
比起风和的春日，多出了
一层金属的光泽。盲目的大地，
常常因蚂蚁的黑亮而具体。

出没的时刻看似很偶然，
但严肃性却丝毫不逊色于
人和蚂蚁的角色界限
至少对诡谲的命运而言是模糊的；
而悲哀有时会需要这样的模糊。

你观察蚂蚁时，存在的针眼
也开始发黑；你思索它时，
人的真相也开始原始于
人的真理；但从旁观的角度，
真正的线索尚未完全暴露；

带着对死亡的小小的反讽，
它黑色的顽强抵消了它的盲目；
而它的盲目，如果深究，
更像是对你将蚂蚁的爬行纳入
见证的对象的，一种神秘的补偿。

猎豹简史

将一只豹子关进笼子，
开始卖票。结局可以有很多，
但你只对其中的一个
感到紧张：豹子不再是豹子；

而假如实施者确实是你，
你又没法否认；你也就不再是你。
栅栏后面，豹子失去的东西，
也是你注定会失去的东西。

甚至你失去的，只会更多。
假如豹子失去的是自由，
你失去的，肯定要多于自由。
除了幽灵，还会有人在乎你是谁吗？

同样，将一只豹子关入语言，
就像里尔克做过的那样——
语言也不再是语言；那想象中的铁笼
也不再是牢笼，更像是实验室。

阳光会定时斜射进来，
而你不一定就置身在栏杆外面。
只剩下一个角色：你的心神

全都贯注在我们中是否还有人

能从豹子的化身中分离出来：
就如同奥登碎嘴感叹的那样——
那么做，肯定受到了精神上的暗示，
里尔克身边的女人都太聪明了。

熊牙简史

重如乌黑的矿石
狂乱碾过将你像细线一样
绷紧的生机，周围的断枝上
已溅有鲜红的血迹……

即使现场很难确定，要还原到
这一幕，也是可能的；
针对性很明显，脑海深处闪过的
激烈的肉搏本应消除

一个人对它的真假的疑虑；
更何况，在这么荒僻的山野，
这枚如此可爱的野兽的小骨头，
已在你的手心里反复掂量过多时。

随着天色渐渐加深，
四周的深山也开始像
沉重的诺言，施加在
你对它对越来越强烈的好奇中

得手后，只剩下一个迫切的问题：
如果它能辟邪，我们就不是好人；
如果它能镇妖，就再也无法解释清楚
我们曾和魔鬼打过多少交道。

绿化带简史

绿化带不隔离向东或向西，
它隔离夜行人的，生与死
普通人常常就特殊在
他们的面目已非常模糊：
所以，你的阴界，怎么会巧到
与我的阳间重合？甚至人性恶
也预料不到，飞起一脚，
死神的软肋都会跟着颤悠好几下。
按常识，或按非凡的忍耐力，
下一个不是猫。你的代步工具
不是电动车，所以即使马路上
横陈着血肉模糊的流浪狗，
下一个也轮不到悲伤的喜鹊。
比绿化带再远一点，
棚屋里的白炽灯二十四小时开着，
天天如此，白羽鸡的心脏
被照明得只有半个拇指那么大，
但下一个不会是数数数不到四十的绵羊。
更远一点，绿化带像地狱的装饰穗；
倾倒到太平洋里的核废料
随着洋流循环到蓝色的记忆深处，
但下一个不会是海鸥。
这判断，还是非常有把握的。

海鸥真遇到了麻烦，下一个
也轮不到螃蟹。这么说吧，
即使一群鲸鱼冲上沙滩，
你的幸运仍有一个神秘的保障，
因为下一个，很有可能仍不是你。

俄罗斯轮盘简史

与轮子转动的方向
刚好相反，看上去很普通，
一点也不像受到了神秘的刺激，
一个小混球乖巧得好像
只是被命运的手指轻轻弹了一下，
飞速滚动在魔鬼的旋转中——
天堂被转晕过一百次，
地狱被转晕过二百五十次；
你被转晕过的次数，属于宇宙最高机密，
必须借助苍白的火焰，立刻焚毁。
陀思妥耶夫斯基甚至洞察到
哗哗的声响渐渐减弱后，
概率像柔软的穴位，
专供落脚点密集如每个凹槽
都像剖开的塑料子宫；
当然，如果你观察得足够仔细，
小球最后的弹跳确乎预示过
绝对的自由都偏爱过
用速度解决人生的难题。
所以说，如果找到新的兑换方法，
给梦打点折，一直做下去，
你怎么可能会输给死亡的气息。

初雪简史

天地之间，从存在的虚无中
洗出最后一张底片后，
过客们已孤独得面目全非；
不只是你，许多事情都已失去了衬托。

为了让你想起谁才是
这世界的主人，它扑向白杨的秃枝，
扑向白皮松的嫁妆，扑向昏暗的街灯，
扑向转动的轮子下最新鲜的痕迹。

它也扑向你，就好像你
已有很长时间没跳过
白色华尔兹了。如果你躲避，
它会把它冰凉的小手直接伸进你的脖子。

为改变旧貌而来，
为试探你的反应中还残存着多少天真而来，
它把自己下得又白又轻，
白得就好像世界有过一个真相。

新雪人简史

先是蹲着，但什么时候
跪下的，我几乎没有意识。
手上捧着雪，再快一点点，
我的注意力就会冒出青烟。
手套是新买的，有点舍不得
将它弄湿，但刚刚安静下来的
白雪的诱惑实在太大了。
一年中很少会遭遇这样的时光：
白色象征物显得如此轻浮，
唯有可观的纯洁紧贴着大地，
面积大得像报警也没有用。
我当然知道，造物主的角色
不是谁都能扮演的；
但我能感觉到，造物的喜悦
更偏向人，更乐于被分享。
而你的身子似乎从未蹲下过——
像一个小监工，你踱着小碎步，
忙前忙后，欢呼每个环节中
我们都取得了重大的进展；
在游戏和劳作之间，一半是塑造，
一半是创造，我们一起做成了它
并称之为上天的礼物。如果这是
一个梦，我愿意跪下来，再堆一个，
直至人的悲剧破绽百出。

铲雪简史

开始时，只能听到
轻微的声响，嚓嚓的，
节奏紧凑，兴奋得有点像
从业余的打击乐乐器中发出来的……
我不可能想到会有人
用那么尖利的铁铲对付我；
要知道，飘落之前，
我的物种记忆里回荡的，
全是肌肤如凝雪之类的赞美。
所以，我脑子里只剩下
一个信念：不仅要雪白得
令干净的天性吃惊，更要雪白得
像是出自一种神秘的义务。
我怎么料得到纯洁的命运中
会有这么多的小动作；
渐渐的，那嚓嚓的响动
离雪白的心跳越来越近，
下手越来越重：我的白耳朵
被铲掉了一半，我的白肩胛
被铲开了一个洞，我的白胸脯
也被铲得只剩下伤痕累累；
渐渐的，像催眠了似的，
我意识到我犯下了白色的重罪：

我堵住了道路，我压垮了
质量可疑的违建的房顶；
我冻成了白冰，我摔倒了
一个拄着拐杖过马路的行人，
我掀翻了一辆打滑的小轿车……
不停的铲除，造就了
我对幸运的偏见：我的牺牲
或许可以为山坡上的积雪
赢得白色的时间。我堆成了
反射刺眼阳光的山墙，
而在我腾开的地方，
一辆运白菜的大货车
滴着肮脏的油渍，微微颠动，
驶向人间的小心翼翼。

求偶者简史

就照伊索的办法，把我们不便
对人直说的那层深意
派给这只喜鹊：落叶纷纷中
它身上的毛色依然显得鲜亮；
它的个头在山喜鹊中也算是大的。

它的胆量仿佛和它的体形
有那么一点关系，但我们最好
点到为止；瑟瑟寒风中，
它并未像其他的喜鹊那样，
蹦跳在避风处，寻找食物像捡漏。

败象毕露的荷塘边，它独自飞上
最高的枝头；每隔几十秒，
便发出激昂的啼叫，宣告自己的存在——
就好像沉默之外，广大的世界
不过是这叫声的一个插曲。

鱼汁简史

蒸过之后，不用麻烦舌尖，
你也敢肯定，它是鲜美的。
细小的泡沫轻轻破裂着，
融入酱棕色的汤水；
非常滋味，但凉得，也很快。

好东西可都在里面；
二十年前，即使对面坐着
西班牙国王或莎士比亚，
我也会把它统统浇到雪白的米饭上；
既然是菁华，就要不断地搅拌。

但现在，要阻止它滑向残羹，
不亚于发明命运的锁孔。
要挑战的东西就太多了：
嘌呤几乎是第一关，
不想痛风的话，你就该遵医嘱

直接把它冲进下水道。
重金属算是第二关，
如果你觉得脑海里的铅含量
需要大补一下，它绝对够味；
它甚至可以穿透你的身体，

令死神也陷入偏瘫。
实在不想浪费的话，伟大诗歌中的
一个不太起眼的小细节，
或许可以将它引向了新的轨迹：
滤掉骨刺后，将它拌进猫粮。

两只挑食的流浪黄猫
原本碰都不碰那干燥的硬粒，
此刻突然有滋有味地咂摸起来，
全然不顾你的幸福感中
飘进了一缕神秘的羞愧。

猫粮简史

否定的否定，既不是主人，
也不是闲得没事；既不反感角色的
一再甄辨，也不绝望于
人言是否可畏：就只当一切
全然出自你我的天性。
既然陌生的温柔只能通过这些
出没在小区里的流浪猫来传递，
而我们更像是半绝缘的导体；
既然亲密的接触中只有它们的反应
最接近神灵附体，而我们的抚摸
更像是出于被遗忘的本能；
或者，爱它们，这乏味的世界
会多出一层私人的含义；
不爱它们，也无人知晓其中的损失
是否可以抵消存在的代价。
但至少人生的真实总会
从你的动作中找到必要的线索：
剪开袋口，将深棕色食粒倒进陶瓷盘；
好吧。即使打赌也无法否定：
那哗哗的声响足以媲美
这世界上最好听的音乐。

倒计时简史

不要小瞧树影比塔影活跃
在抵消黑暗的情绪中
所起的作用。另一个迹象
似乎更突出：十二月的星光
不仅不像夏日的夜晚那般迷乱，

反而严谨得好像气温越低，
它们就越清晰于冬夜的轮廓中
已隐约可见有竖起的双耳
警觉在命运的悲怆中。倾听吧！
假如你很少是你自己的对象。

比寂静更好的悬念
也许会有，但既然充满灵感的
信念犹如新年的钟声
已悬在半空中，那就不妨
把人的虚构再往上回溯五百年；

或者再使点劲，将人性的因素
从雷格厄姆·格林握紧的拳头中
彻底掰开；你也许会明白
你的孤独不同于大地的荒芜
曾将死亡的痕迹抹除得干干净净。

把黑眼睛睁得再大一点吧，
烟花的导火索正拽着倒计时的弹簧；
如果你付得起想象力的冲动，
一年之中剩下的这几吨黑暗，
甚至可以装进垃圾桶，用拖车拉走。

跨年之诗

又轮到最后一天
在新年的锋刃上啪啪地甩尾，
秘密的倾听里才会有
生动的面貌不依赖外观，就已胜过
牛头马面的趾高气扬。
偶然的一瞥里，宇宙的底部
仿佛已隐约可见；暗暗的惊奇
来自在这么寒冷的岁末
居然有灿烂的阳光，
像一次季节的错位。我不争辩
西北风猎猎的回响里，这可见的世界
是否适合用灿烂来指认；我也不分辩
悲伤的泪眼已如此模糊，
一个人是否还有资格来旁观，
这冷冽的阳光像刚刚撕开过无形的网一样
朗朗普照着，我的北方即你的远方。
万木萧索，但另有枯荣
因你而名。生者和死者之隔
并不适合你我，不仅仅是
此刻不适合；甚至父亲和儿子之隔
也不适合我和你，甚至今生和来世之隔
也无法稀释你和我；即使永恒不服气，
也终会有一个神秘的难忘
令我们在骨肉之间永远恰如其分。

卷 二

浮生学丛书

栗子花入门

最惊心的，还不是
它非常触目；而是故乡之花
常常借它迷人的花粉
要打通一个秘密的记忆。
大多数人都吃过糖炒栗子，
但见过栗子花，并觉得它
细长的花柱性感得
犹如天使的手指的人，
实际上非常罕见。原因
其实也不复杂；向命运摊过牌，
才会意识到它的决定
比人类的历史还早：更信任风，
还是更信任翅膀？对人而言，
已是非常陌生的领域；
而它选择相信同样的事情
最终也会发生在你我身上。
现在的动静就已大有苗头；
绽放之时，倒流的时光
会朝它的方向加速奔涌。
并不一定非要杀死一头熊，
你才会明白，它的美丽
从一开始就不亚于妖娆的牡丹。

雨燕城堡入门

将雨燕的巢穴称为
雨燕的家，意味着有一个角度
已经发生了偏离。我们所有的客观性
在这可爱的燕巢面前，
都已显得太袅娜。矛盾是
巨大的，它就构筑在嘈杂的
菜市场入口处；而是像
我们在梦境里见到的，构筑在
垂直的岩缝深处。树杈上的
燕窝不太可信，因为蛇的智慧
既固执又阴暗。蛇很容易顺着树枝，
追踪到小燕子的气味。
除了蛇，来来往往的人流中
只要有一个家伙被恶灵缠身，
它的命运，恐怕也难逃
被好事的长棍捅落，粉碎在
水泥地上的结局。而你敏锐的发现，
超越了你小小的年纪，
尽管有这么多矛盾潜伏在
现实的前奏中，你却兴奋地报告着
你的发现：爸爸快看，那里
有一个燕子的窝。非常简陋，
枯黄的草茎从棕色泥巴里

露出了好多头绪，但你不管这些，
你另有对世界的审美，
它就像一个悬崖上的燕子城堡。
我似乎也受到你的感染，
和你一起进入了天真的逻辑：
在猜测不断飞回燕巢，喂小虫子
给雏燕的成年燕子，究竟是
燕子妈妈还是燕子爸爸时，
你的立场坚定得就像一块尖叫的金子，
那肯定是燕子的妈妈。

江心岛入门

展翅之后，白鹭邀我们入伙；
它们的鸣叫像白色的炸弹，
在我们头顶，将人生的黑暗
粉碎成回音的碎片。
另一项任务更具有挑战性：
无视命运和风景之间巨大的裂痕，
展翅的白鹭在低空中
为你准备好了会唱歌的雪白，
它们甚至还准备好了
美丽的蝴蝶也无法想象的，
仿佛只有纯洁的肉身才能体会到的
另一种轻盈：涉及人的形象，
也涉及非人的面目对你我的
悄悄的总结。更体贴的，
怎么散步，都像是再也不会
浪费时间和宇宙兜圈子了。
平缓的水势不只是令记忆开阔；
激流已涌进血脉，假如前身
足以清晰一个友谊，就不必过虑
漩涡是否还埋伏在心潮中。
自然的见证才是关键所在，
就好像倒影只翻译水月的一半，
以便你酝酿突然的觉悟，
令虚无摸不透我们的沉默。

诗歌替身学入门

冷冽中，昏暗来自冬天的
晚霞总是在你还没看清
火烧云的尺寸之时
就已提早消失。季节的黑暗
随即会胀满时间的肌肉。

但弥漫的同时，昏暗也能带来
友好的错觉。偶尔冷风
也会在自然的冷静中温柔起来：
昏暗中，枝条刚劲的银杏
一会儿像白杨，一会儿像梧桐；

甚至无视距离的变化，
必经之路上，银杏，白杨，梧桐，
这三种在盛夏面貌迥异的乔木
在北方冬天的昏暗的视线中
竟然可以随意互为替身；

既然涉及洞察，它们就不会在意
从它们挺拔的身影中你究竟能
看出多少破绽，以及这些破绽
是否会影响你凝望树梢的边缘，
冬天的月亮昏黄得像只睡着了的大猫。

冬天的捷径入门

走向对岸，冰，硬邦邦的
矛盾于它既很危险
又非常美丽；每一步都像是
对大胆的试探的一种奖赏。
偶尔一声巨响，冰裂仿佛在重现
一生中，人究竟能遭遇多少神性。

舔一下，冰，原来从未输给过
宇宙的甜食。才不天使呢，
穿得很厚方能突出我的身形
突然显得有点魁梧，而你的矮小
在反衬的作用下反而显得
你好像刚搂抱过一只小北极熊。

我是引领者，天真于经验
最终会被好奇说服；而你更出色，
作为亲密的追随者，通过一连串
可爱的跌跌撞撞，早已将世界
还原为一个巨大的玩具。
冰有多坚硬，你就有多么尖叫。

这尖叫同样会构成一种反衬：
冰，光滑得像史前巨兽的脊骨，

而我们不会被这样的变形吓倒，
更不会停止前行；随着迈出的脚步
越来越放松，事情的性质也变了——
冰，结实得就像一座梦中的白桥。

老水车入门

黄河岸边，西部的落日
用它的马靴稳稳踩住
白家山的后脑勺，借弥漫的
夕光，掸去一天的浮尘；
接着，神秘的安慰
会被随后降临的空旷的
黑暗再涂上一层底漆——
但这是三小时以后才会
发生的情景。此时，几滴游客，
滴入时间的倒影；不多不少，
我们刚巧三人行。遥远的
父爱既然有点模糊，诗，
不妨临时充当一会儿师傅。
一揉眼睛，附近全是奔流的上游。
我们都曾是够格的使徒，
完全猜得透"逝者如斯夫"中
还剩下多少大浪淘沙。
我为我的观察缺乏时代的基础
感到抱歉：从背影看去，
黄河边的老水车，更像师傅；
而我原以为根据熟悉的背景，
理所当然，它应该像父亲。
本是劳作的丰碑，如今

却沦为暧昧的风景。在它面前，
我承认我确实有点矛盾；
但是，请不要误解我的感叹——
就好像不能成为风景的，
也不可能从历史的记忆中
积淀下最深厚的情感。

玉龙雪山入门

属于你我的世界
在这里终于撞上了它的
边界。比南墙更高的
雪，给生活安装好了
强烈的反光。世界很小，
世外，也并不限于仅指
迷宫的破绽，它其实
可以有好多意思：比如，
蓝天就像刚刚扯下的面纱。
雄伟的礼貌，以至于
从哪个方向看，非凡的静寂
都是它独有的性感。
草甸上，偶尔还可看到
几个纳西汉子在调教
他们心爱的猎鹰。
云的呼吸里，白，比昏眩
还漩涡；我们全都是
我们的漏洞。如何弥补
甚至比如何拯救还神秘。
就在对面，毫不避讳你的眼光；
又叫黑白雪山的波石欧鲁
正练习比崇高还巍峨，
以便我们能更好地参考
我，有可能就是你。

重阳节入门

以菊花为床，但不饮酒；
你不会看不出来：万物的睡眠
随着吞下的花酒，变成了
我们心中的词语。相反的方向，

我们用鸿雁的影子制作了一顶帽子，
如果你愿意，随时可以戴上它。
但我们的秘密还不是你渴望质问——
我们都对借宿在菊花中的词语干了什么？

别的时候，我们是生活的影子。
而这一天，仅仅顺手撕下一张纸条，
生活便成为我们的影子。
给菊花一个高度，意味着

给心中的词语一个高度，
然后在山风中攀登它——
直到另一种生命的真实性送你来到
微微抖动着的羽毛的背后。

棣棠丛书

几只雀鸟帮我提炼日子，
它们冒出来，个头比麻雀大两倍，
三晃两晃，便像镜子里的
一阵阵紫烟，消失在开花的灌木中。
如果我没弄错：花呀草呀
醒目于不道德，甚至更极端——
轻浮于人不可貌相。过去是如此，
现在，也没什么本质的改观。
从北京到东京，按字面含义：
爱花意味着我要给我们的信仰
缝上一些新扣子。然后，解释说，
这外套很适合穿出去走走。
天气蛮不错，讲究一点的话，
千万别系扣子，就那么敞开着。
换句话说，和花花草草保持多大的距离
最能反映一个人是否可信。
我为我的怀疑感到真正的歉意。
或许，每件细小的事情都能酝酿
一次开始。我用人生做篮子，
练习插花，布置犀利的美妙，
同时，也很想挽留几分静物的真谛。
但是，正如你看到，每一种沉默
都被误解过。其中，沉默如花

被误解得最严重。尽管如此,

诗,依然没有迷惑于为诗一辩。

蓝靛果丛书

长白山下，它让我看
它身上紫蓝色的钻石胎记，
而最先映入眼帘的却是宇宙的
蓝耳坠。戴腻了的话，还可以食用。

从羊奶子到黑瞎子果，每个部位
都比秋天还关键；
轻轻一挤，深色的浆液
竟如同火山石的眼泪。

偏僻的地气里的小小的正确：
它把自己能把握的真理
都献给了单纯的事物。它单纯到
可以无视我们和狐狸之间有过的区别。

即使看外表，也不同于蓝莓。
它用惊人的紫蓝等候你我多年，
就仿佛在它的一个瞬间里，
我们的一万年已远远落后。

薰衣草丛书

久仰花名，第一次见面，
我猜你会这么说的。
我没有嗅觉，但我像我的另一个名字一样
知道如何沁入每个人的脾胃。
而你会假装空气不是艺术，
空气里不可能有芳香的艺术——
无论我给空气带去的是什么，
它都不会超出一种味道。
你不想在我面前表现得过于特殊，
你就像一个经历太多的男人
已不在乎错过任何机遇。
但假如我无关机遇，仅仅是由于
我的芳香能适应各种皮肤
而成为自我的植物呢？我猜你
对人的一生中那些无形的伤口
终会因我的渗透而渐渐愈合
深感兴趣。我的芳香既是我的语言，
也是你的语言，所以我有义务配合你——
直到蓝色花序从颀长的秀美中憋出
最后一片淡紫色。从那一刻起，
我就开始像偏方一样思考我的治疗对象。
需要服务的神已经够多，
但我会把你往前面排；你看上去就像

一个即将消失在空衣柜里的
有趣的新物种。换句话说，一件熏过的衣服
就可能把你套回到真相中。而我从不畏惧
任何封闭的黑暗。我的芳香就是我的智慧，
经过循环，你也许会记住这一点。
我确实缓解过许多疼痛，但你不会知道
你的入迷也帮我恢复了更神奇的效果。

金胡杨林丛书

假如你能把你的生活带到那里，
你就会知道，荒凉也曾令浩瀚完美。

假如你能把人的生活也带到那里，
你会明白，荒凉不同于命运，它有自己的秘密。

它有惊人的秘密，不同于你心想
你要是早儿年来就好了。

这遗憾，或者这沙暴，或者，这遗憾的沙暴
会席卷你和语言之间的麻木吗？

落叶已投你一票。荒凉，不只是表面现象；
完美的浩瀚也一样，只不过面积更大。

给荒凉一耳光，荒凉会纠正所有的真理。
给浩瀚一个吻，你会惊觉你并非只是一个过客。

骆驼刺丛书

它有蚕豆的脾气，
茫茫戈壁里没有其他的节日，
于是，它将体形大于它百倍的骆驼抛向天空。
炎热的空气以为接住的
又是一个关于迷路的动物寓言；
一松手，原来是我们的替身
想偷偷地再喝一口骆驼奶。
你必须警告它，如同警告你身上的
一头渐渐长大的猛兽。
再这么喝下去，烟幕弹里
就全剩下原奶的味道了。
你应该学会像成年的骆驼那样品尝
刺上的糖粒，然后顺着构造独特的蜜腺
找到一个无私的理由；
但那还不是它全部的积蓄。
它还隐瞒了一个更尖锐的理由，
它从未因生存环境的恶劣
而阻止人们叫它希望草。

绣球花又名紫阳花丛书

我测试我的轮回时，这六月的花
是一道题。以前，我只是听说过
有的填空题出得很活，比灵活还飘，
但从没想到，这竟然是真的。

许多空白，像挖过的坑，
等待着被填满。而代表着空白的
那些横线看上去很单薄，
其实却结实得像硬木做的床板。

怎么填，表面上都限制得很死，
但其实也可以很活。我是我的空白，
这算是一种填法。我从不是我的空白，
这又是一种填法。

我说过那些空白很像挖好的坑，
而那些横线像床板，但真的躺下去后，
感觉完全不同。你会觉得这些花
丰满得就如同生活的乳房。

躺在第一个空白里时，我觉得人不会
随着尸体腐烂而消失。那些撒过的鲜花，
至少改变过记忆。躺进第二个空白时，

在坑里的感觉很逼真，但更逼真的是，

人，其实从未真正进入过他的尸体。
与此相似，人其实也很少走进他的生活。
大部分生活中，人很少会从里面向外转身，
因而不会觉得它们像不像生活的乳房有多么重要。

剥洋葱丛书

表面上，圆石头和洋葱
是两回事。大小即便一样，
我们的精神分裂也不会波及它们。
它们只是在不同的故事中
转动我们的眼球。西西弗斯把石头推向山顶，
从汗味判断，他喜欢吃洋葱，
他的臂力有一部分
明显源自橄榄油炒鸡蛋洋葱。
剥去神话的外衣，那也是
一件苦活。所以，他理应知道
用洋葱浸过的葡萄酒
对浪漫的夜晚所起的作用。
小花招垫底大探索。只有胡须茂密的
易卜生才不在乎西西弗斯
爱不爱吃洋葱。他派了一个小角色，
像模像样地登上世界的舞台，
让冷酷的戏剧给诗歌剥洋葱。
洋葱的包皮不断被剥去。
据说，每一层葱皮都代表
人的一种性格。以至于剥到后来，
那可怜的人发现活干得越多
它就越像是在受刑。而且尺度暧昧得，
几乎没有人会同意他的遭遇

比西西弗斯的处境还残酷。
按旁观者的说法，洋葱并没有
把洋葱的本质留在洋葱里面。
手艺精湛，所以那小小的失望
仿佛并不是在剥去的洋葱中
一个人没能找到那颗被想象过的心。
不就是剥洋葱嘛。怎么可能剥着，
剥着，竟然把人给剥空了。
有很长一段时间，我为自己感觉不到
他的恐惧而羞愧。我想建议他
去剥柚子，或是用石榴代替洋葱。
也许关键并不在于有没有
好的办法消除他的不安，而是
找不到合适的语调，像聊天那样
告诉他，剥洋葱剥到的空无
恰恰是对我们的一次解放。

世界睡眠日丛书

你登不上那座山峰，
说明你的睡眠中还缺少一把冰镐。
你没能采到那颗珍珠，
说明你的睡眠中缺少波浪。

如果你再多睡一小时，
你就会睡到我。但是，请记住：
和深浅无关，我这样交代问题，
我始终在睡眠的反面。

你现在还看不见我，但事情
也可能简单得像你现在还看不见蜻蜓
或萤火虫：它们还在睡眠，
它们的睡眠从未出过错。

它们的睡眠时间很严格，让世界看上去像
一座早春的池塘。靠什么保证质量呢？
如果我说此时，它们的睡眠像一份火星的礼物，
已在朝我们急速飞来的半途中。

同样的话，在菊花面前说
和在牡丹面前说，
意思会大不一样。更何况现实之花
常常遥远如我们从尘土中来
却不必归于尘土。
拆掉回音壁一看，
原来耳朵是我们的纪念碑，
但耳朵什么时候可靠过？
怎么看，心，都是最美的坟墓，
但你什么时候见过一个美人
曾死于心。菊花在生长，
心，从里面看着。
心，安静得好像有只蝴蝶
正停歇在篱笆上。
我承认，我是一个有罪的见证人——
因为除了陶渊明的菊花，
我确实没见过别的菊花。

必要的天使丛书

到处都是迷宫，但医院走廊的尽头
却有迷宫的弱项。天知道
我为什么喜欢听到他
像买通了死亡的神经似的轻声叫喊：
还有租船的没有？其实，
他想说的是，还有租床的没有？
但由于口音里有一口废弃的矿井，
每次，病房里所有的人，都把租床
听成了租船。一晚上，十块钱。
行军床上，简易铁管支撑起粗糙的异乡。
快散架的感觉刺激着我
在黑暗的怪癖中寻求一种新平衡——
肉体的平衡中，波浪的平衡
后面紧接着语言的平衡，以及
我作为病床前的儿子的眼泪的平衡，
而灵魂的平衡还远远排在后面呢。
上半夜，我租的床的确像船，
而且是黑暗的水中一条沉船。
下半夜，我租的床像一块长长的砧板，
很奇怪，睡不着的肉身并不具体。
我的父亲刚动过大手术，他的鼾声像汽笛，
听上去新的征程即将开启；
于是，在福尔马林最缥缈的那一刻，

每个黎明都像是一个港口，

窗外的绿树已竖起窸窣的桅杆；

而我作为儿子的航行却远还没有结束。

皆寂寞丛书

——纪念古龙

又到了反骨换金条的
秘密时间：浪子谦虚通俗，
无价只埋伏慧眼；不信的话，那边
就有公平秤。尽管去，随便称。
仅仅凭借肉身，就想懂生活太难了——
就仿佛人生如旁观一场暗战。
看着，看着，好东西
全都被寂寞出卖了；
我秘密地读过他的小说，
所以，把西默农和西门庆放在一起，
谈不上错位或误会。老外怎么能懂
皆寂寞是什么意思啊。
但我猜想，他在骨子里厌恶
我们的秘密会坎坷于命运的差异。
大器始终在那里，酒，不过是
一种有趣，且深奥于并不深奥。
所以，我不敢肯定，只是推想——
真正的宽容其实全酿在酒里。
唯有无趣，才因人而异。

人生角色丛书

男人和女人并排坐在栏杆上，
大海在下面，悬崖有三十米高——
越过他们的背影看去，海水蔚蓝，
颠簸着，在蔚蓝的颠簸中，男人看到的是

我和你都不曾使用过的一个身体。
天空湛蓝，矛盾于一个启示；
从悬挂的角度看，女人看到的是
我和你都不曾深入过的一个洞穴。

在大海的蔚蓝和天空的湛蓝之间
有一条线，却没有一点蓝的意思，
反而看起来像一根刚捆过海兽的绳索。
男人问女人：我是否真的存在？

女人问男人：你一生中做过的最疯狂的事情
是什么？不会是寻找真正的答案吧？
我和你，就是这样进入角色的。
没有例外，即便他们从未在悬崖边坐下过。

帕米尔丛书

混迹于我就是你——
美丽并且坦率，像野鹅一样
背诵紫葡萄的台词。
也是这里，更多的时候，
我是以你我出现的。

稀薄的空气纯净着
蔚蓝的欢迎词。陌生的土地，
却亲切如原乡。泥泞的小路
照样像在平原，引导着细细的冷雨
去辨认枣树林中的一棵樱桃树。

对于外人，它种在那里当然很奇怪；
甚至很容易和布景混淆起来。
几只大花雀客串菊花国里的流浪汉：
如同上瘾似的，嘲弄着我们
对闲暇的浅薄的羡慕。

河滩上，白鹭的爱情戏
尺度也很大。只有蝴蝶，
不负先人的慧眼，就好像
它的一生都是在度假；
顺便在人世的寂寞中留下一些线索。

朵朵白云似乎更喜欢扫尾工作——
它们适应最高的怜悯就好像
我们一直幼稚于爱的借口。
想反驳的话，最好及时
将那几只野鹅捆入宪法的羽毛。

当你认为高原上绝不能
有飞舞的苍蝇时，你其实已输了。
随便一挥，苍蝇拍就能拍醒
一个潜在的偶像：他此时像个偷猎者，
手拿打了结的绳子，悄悄接近我们的替身。

如此，潜在的美丽使无形的筛子
晃动得比以往更剧烈了。
一个旅行团被筛选出来，
雪山，戈壁，草地，绿洲，瀑布……
排着队，等着我中有你去给它们编号。

它们是风景，甚至无须拟人，
就已是我们的父亲、母亲、兄弟和姐妹。
几乎在所有的方向，
迷人都乱了套。时间空虚得就像
离我们最近的绳子是星星。

一次生活的错位代替了自然的秩序，

慕士塔格雪峰就像露天电影院里
巍峨的道具。猜猜留言簿上
还会有什么谜语，当胜似天堂的地方
被风的信仰反复临摹过。

野人学丛书

微妙到踪迹皆无。但面目依然可圈
可点。你独特于我。飞起来时，
没人能看见我们的翅膀在哪里？
其实，只要会飞，你就有机会微妙于
你很想摆脱一切。记住，老样子里有
本色的辩证法。白天，唯物，
原则上不照搬真理；晚上，唯心，
按黑白，讲究生活里到底能有多少情趣。
按起伏的次数统计迷宫活跃的程度。
最难忘的是你的另一面，
向左倾斜，只有花心才莫测。
替右着想，唯有天赋委屈最大。
一眼望去，你已被命运放大了四十倍。
你的头发就像从峭壁上垂落的藤蔓，
一个野人来不及细看，抓紧藤蔓，
向崖顶攀缘而上。一转眼，微妙再次上演了。
记住，一旦非此即彼，谁都可能是野人。

浮生学丛书

从分水岭上下来，你像换了一个人。
你开始敏感于乐趣。是的。生活有乐趣，
你才会对奇迹有感觉。

你比以前更热爱人的风景。它就像一个钻头，
在两次旋转之间，有过一个奇迹。
而一个奇迹就是一次区分。人的风景

为你区分的是沉睡的尖叫和醒来的灵魂。
而我是最早获益的人，我不会忘记这一点。
由此我想到，任何新意都不在于绝对，

它取决于你如何看待生活和艺术之间的天真。
我的变化也很多。我的身体变得像风中的
一座索桥，我邀请你在我的肋骨上跳舞。

暴风雨丛书

年轻的时候，我喜欢走向河岸，
伸开双臂，高声大喊
让暴风雨来得更猛烈些吧。
属于我的，不属于我的，
都已在近乎狂野的叫喊中
准备就绪。一个祭品
已完美到只剩下它随时
都会倒在自己的影子里。
一切的一切，拗不过荷尔蒙
正从看不见的裂隙
渗向角色的自我意识。
任何回溯，反而已被堵死。
青春之歌里全是大是大非
上满了弦，从来就没有
什么救世主；精神的枷锁
太好打开了：冲动即冲刺，
每个想象中的牺牲
都坚硬得像一把钥匙。
稍稍转动几下，灵与肉
就紧张得好像世界
又欠了一屁股高利贷。
只有一次，倒带时出了点纰漏——
我看见暴风雨中，一个小男孩

奋力抱住树干；漩涡已形成，
吞没随时都可能发生；
我甚至能感到那树干的颤晃
也在猛烈地撼动我的身体。
隔着屏幕，画面的真实性
很快就淹没在新闻的效果中；
唯有那持续的摇撼，时至今日，
仍看不出有停止的迹象。

青烟丛书

年轻时你不会懂得爱与诗的
特殊关系。没有捷径可走，踉跄好比铿锵，
一旦养成习惯，觉悟会成就烙印；
而且事实上，曲折锻炼了美腿，
不长在你身上，更好看。
凡是好感，都难免要从你身上冒出一阵青烟。
辜负天赋是早晚的事。当然，
青烟也可以是尺子，就好像
风是运用尺子的大师。风力增大，
世界被吹来吹去。你心中的风暴
总会有一两人知道。但是年轻时你不会知道
什么是爱的艺术，也不会知道
诗有可能将友谊深入到那一步。
你甚至不会知道祝福你的力量有多么强大——
当你的父母反对你的时候，朝霞祝福你，
野葡萄祝福你。宇宙的幻觉也站在你一边。
虚度被再三提及，被上升到
云的高度。必要的虚度不止一点点。
虚度甚至设想过假如没有虚度的话，
你是否还值得信任。因为爱你虚度过我的诗，
因为诗你虚度我的爱。但是没关系，
长天的感觉真好，比例绝对没错，
古人的眼力没错；长天让野鹅的队形

看上去像一串飞翔的黑珍珠项链。
年轻时你不会想到有一天你会有勇气写到
年轻时你不懂诗的艺术包含了多少爱。

新生丛书

两个我，闪过同一个瞬间。
紫燕，流萤，不相信梦里的小山谷
会输给记忆中的铁栅栏。
会不会飞并不重要，愿不愿飞
才是一种尺度。抖动的羽毛
感慨时间从不会出大错，算准了
随时都会有两个我。而离别的意味
只意味着离别还能意味着什么！
两个我，就像一对黑白翅膀。
而生活更像是一条线索。一松手，
世界比泥鳅还要滑。可以抓紧的东西
最后都爱上了落叶的轨迹。
金黄的我，醒目于过去的我很大，
但现在的我则无所谓大小。
小嫩芽的小招呼，胜过一切手段。
宇宙自有分量，不上虚无的当
就好比没必要把死亡看得太透。
赤裸的我曾令任何人都看不透，
它就做得很棒，它守住了我们的一个瞬间。
对时间来说，赤裸的我无足轻重，
但对记忆来说，它是留给形象的最后的机会。
而死亡不过是一条还没上钩的鱼。
只要有新生，现场就比春天的风还大。

真实的瞬间丛书

九条狗分别出现在街头和街角，
大街上的政治看上去空荡荡的。冷在练习更冷。

八只喜鹊沿河边放飞它们自己的黑白风筝，
你被从里面系紧了，如果那不是绳索，

那还能是什么？七辆出租车驶过阅读即谋杀。
所以最惊人的，肯定不是只留下了六具尸体。

身旁，五只口袋提着生活的秘密，
里面装着的草莓像文盲也有过可爱的时候。

四条河已全部化冻，开始为春天贡献倒影，
但里面的鱼却一个比一个悬念。

三个人从超市的侧门走出来，
两只苹果停止了争论。你怎么知道你皮上的

农药，就比我的少？但我们确实知道，
一条道上，可以不必只有一种黑暗。

晚霞丛书

谁制作了它并不重要，

谁能捕捉到它的意义也不重要。

它就像一个巨大的码头，

你能感到有东西靠上去，停了下来，

却说不出那停下的东西是什么。

它把时间变成了时光，

感情的意义因此而不同。

它一出现，就十分清晰，

并一直会将这清晰保持到灿烂。

它从未有过任何模糊的时刻。

它是六月的晚霞，夹在铁灰色的云海之间；

它就像快要被遮没的黑板，

白天的粉笔够不着它，夜晚的粉笔

又总是太迟。它这样向你的记忆迂回，

最有意思的字是曾写下，又被及时擦去的字。

对于那些被擦掉的字，它是一个不会消失的帝国。

它的灿烂很敏感，对称于

人生的缺陷很微妙。你会明白的。

它是时间的风景，但看起来更像是布景。

刚刚结束的白天不完全是一幕戏，

即将开始的夜晚，很难说是不是一出戏。

而它，就像一个准确的角色，

游荡在生活的边缘。它知道你在看它。

它知道你看到它时想说些什么。
但它不知道，你猜不到你是谁，
就仿佛它见过的世面太多了。

彩虹的种子丛书

感谢你寄来的这一小袋种子，
虽然你说，我们还没见过面，但从我的诗中
你推断我喜欢种子。从精神到物质，
从思想的种子到荠菜的种子，你甚至一口气
描绘了我住所里的阳台。你推测说，
那里肯定放着一个玻璃罐，里面储存了
不少种子。你说得不错，确实有一个玻璃罐，
里面有酸角的种子，鳄梨的种子，石榴的种子。
每天只要看它们一眼，我就会感到
莫名的安慰。各种陡峭，各种峥嵘，
在种子之歌看来，不过是一些人生的底座。
也许，种子带来的友谊比真理的游戏
更接近一个听上去很原始的名字。
你推断我在秘密的生活中使用过
这样的名字。你获得的启发是，
每个真正的秘密里，都不会缺少种子。
我查看了一下，你为我配置的是
蓝莓的种子，风信子的种子，红尖椒的种子。
你说得不错，我很喜欢它们。所以，谢谢你。
还有一个小纸包，你嘱咐我先别打开。
你说，最好是等到初夏，下过雷雨之后，
再将它启封。因为它里面包的是彩虹的种子。

鹅耳枥丛书

神农山上仿佛只剩下神游。
虽只是擦肩，主客间
却不肯轻易委身于有人想单方面
表示他不过是过客；
毕竟一路上，山影切磋人影，
反复了好多遍。神似多于相似，
全靠这叶形秀丽的落叶乔木
无形中编织了我的不惑之惑。
没错，我的确说过，我最大的困惑是
我从未有过真正的困惑。
困惑于人形，几乎是一种
不必要的耻辱。困惑于世界
缺乏神秘的遗忘，至少
在我这里，不符合生命的逻辑。
困惑于虚无还不够过瘾，
这根本就经不起你我的推敲。
非常形象始于木质坚韧，
且树皮粗糙得像歌喉。
多好听的名字啊，即使本意并不指向
天鹅的耳朵，也没关系。
我敏感于天鹅，就好像
人不是我的标签。我的确这么想过，
万一它们耐旱的本性

在我们还没准备好的时候
试出了你我的真身，怎么办？
如此，茂密是它们的语言，
但没准，也是我们的方言。

丁香丛书

丁香新发的芽
像一个钩子，试图钩住
空气的袖子。你的正常反应
几乎可以忽略不计。
这么小，这么新颖，
和往年没什么不同；以至于你担心
时间之花在我们有限的生命里
已搜集不到足够的线索。
我呢，我只想放松警惕——
在丁香发芽的时候
正确于不是我们有慷慨的道德
而是我们有足够道德的谨慎。
我竖起了你的耳朵，
你睁开了陌生人的眼睛。
天使才不在乎魔鬼聪不聪明呢。
天使必须有魔鬼没有的东西。
你说你没见过发芽的天使，
我也不打算纠正你。我假定你
现在正看着发芽的丁香，
像看着发芽的时间。
最后，请在这里签名——
发芽的时间也许无法改变
命运的乖戾，却能酝酿新的嗅觉。

麒麟草丛书

一开始，又像以前那样，它们的名字
将我困在名字的迷宫中。你知道
它们叫什么草吗？十个人中有十五个人不知道。
但是，好玩在翻倍。寻找答案时，
我像是在克服一个心灵的风暴。

它们到底叫什么？一百个人中有九十九个不知道。
九十九个人，像是还没走出求爱的夜晚。
每个这样的夜晚都是一根钉子，更深地进入
或是又拔出了一点点。而那唯一告诉我
这些草叫什么名字的人，后来被证实

他的说法是错的。但是，你知道
我们最终会原谅语言的误会，
就好像语言曾原谅我们发明了它。
最正确的叫法往往靠不住，但是你
叫它们麒麟草时，却很形象——

这意味着，每个生动的名字后面
都有一个经得起历史磨损的故事。
比如，我比我古老。而你比我更古老。
这些草比你我还古老。它们的名字得益于
麒麟身上的粗毛。但是德国人或罗马人见过麒麟吗？

麒麟不希腊，怎么办？
眼见为实不启发死结，怎么办？
这个秋天的这个注脚，美丽的现场
再三委婉于安静。沉睡了一个夏天之后，
形象的皮毛不见了。清新的变形，

它们伸出的黄色手指，扎着堆，
在山坡上，在河谷里格外醒目。
它们的手指一直向天空伸去，
随阵风摇摆，它们的抚摸低调着秋天的温柔，
它们摸着我们用肉眼看不见的那只动物。

野草丛书

遍布于碧绿的火焰，
它们悄悄集中了一个意志；
自然之手在伸向我们的过程中，
借语言的天真也点燃了它们。

它们的温度还不适于我们
把平底锅直接放在它们的肩上。
这些抽象的火焰只可用来
治疗生活的怪癖，且疗效模糊得

犹如爱的说明书。相比之下，
它们的邀请要好懂一些。
不难想象，它们曾从死者手中夺下
绝望的画笔。它们用它们的根

在黑暗中，在大地的另一面作画；
每一寸都不放过。它们捅破了季节的鞋底。
于是我们看到，绿色的自由被带到
我们的局限中。气息回荡，你还等什么呢。

樱花丛书

从生与死的纠结中
它们提炼出这份美丽；
属于它们的，仿佛也会属于我们。
它们拥有美丽，就好像我们确曾有过来世。

的确值得羡慕，它们依然拥有天真的疑惑。
它们漂亮吗？当然漂亮。它们能漂亮到很远的地方。
它们绚烂吗？当然绚烂。它们能绚烂到肌肤以内。
它们是礼物吗？绝对是，并且完全免费。

它们的花海几乎比海洋还盛大；
且走到哪里，都会半悬在你的头上。
那么，汹涌的，会是什么呢？
汹涌的花瓣将我的敏感变成了一种责任。

在它们面前，我们还有好多事情要做；
在它们面前，我们的无辜仿佛是可能的；
在它们面前，我们的解脱不可能是短暂的；
它们的春之舞里，人的孤独不缺少出色的舞伴。

白眉蝮蛇协会

最豪华的软禁
邀请它认清一个事实:
虽然一次扑咬,它就能毒死
一百头黄牛,但现在,
隔着钢化玻璃,它不过是
一件动物展品;萎缩的表情
猥琐在阴暗的角落中;
行动迟缓,就好像漫长的圈养
让它也开始幻想或许
可以利用一下那习惯性的迟缓
在我们的经验里造成的
某种错觉。如此,它的迟缓
不同于任何一种迟钝,
更像是一副被有意抻长的面具
松弛在顽固的本能中。
而且看上去效果也不错:
既很像配合了我们虚荣心的
一种表演,又恪守了
一个古老的悬念。因为隔着玻璃,
我们知道自己是安全的;
运气好的话,当你把鼻尖贴近玻璃,
它像是感到了异物的存在,
朝着你缓缓移动,直到你和它的

眼神交流，突然凝固成
一种紧张的对视，跨越了
不同物种之间认知的障碍——
在此之前，处境的优劣
不存争议，是它一直盘桓在
玻璃的后面，被透视，被参观；
在此之后，从它的角度看，
一直待在玻璃后面，同样
深陷在一个假象中的，是你；
不然的话，你的安全感就是假的，
甚至是由玻璃造成的。

牛蒡协会

在走向风雪交加的
火车站之前，还曾有过
相当漫长的一段路途，托尔斯泰
心怀愉悦，走向它的天堂；
仲夏时节，辽阔的田野上
仿佛有窄门被阵风吹掉了门闩；
欢乐的扎根，已经转变成
它的小花球，比紫红本身还娇美；
采花的冲动不难理解；
受到侵袭后，花梗上的
小刺球并不客气，狠狠教训了
大师的多动症，也不难理解。
事情过去后，回味突然
弥漫在思想的呼吸里；
从它被割麦镰刀随意腰斩的遭遇中，
托尔斯泰注意到，它身上
闪现出的生命之美，一点也不
逊色于神话中的英雄气质。
它有自己的兄弟，发黑的伤口
忍受着野蛮越来越暧昧；
但在另一个故事里，它也是
你我的兄弟。饥饿押韵邪恶时，
至少它的根，粗实得就像
世界末日之战中最后的口粮。

睡美人协会

带着稀世的美丽，她身着
白色的纱裙，冰冷地
躺在死亡的假象里；
弥漫的阴气常年缠绕那个角落，
泛滥的惋惜，乔装的怜悯
不过是蠕动的无色泡沫
悄悄漫过了神话的窥视者
对人类的内心的反观。
四季的更替足以令山川变色，
却无法触动睡美人的姿态；
从血色到体温，甚至连死神
也感觉不到有过微小的异样；
恶毒的诅咒已将她的美丽
凝滞在停顿的时间里。
按弗洛伊德的解释，如果没有
人性的愚蠢相配合，任何法术的魔力
都不会有如此的成效。
接近陈列，却不是参展品，
可恶的嫉妒好像替每个人
都预付了一张门票。如果你自忖
你不是王子，而且那套蓝色的礼服
又难看，也不合身，就请睁大眼睛
看看你周围的世界：睡美人身上

那种的睡眠，可是不分性别的。
她的苏醒，尽管有幸运的成分，
却不再构成命运的悬念。
而你会怎样醒来，依旧充满了悬念。

黑胸胡蜂协会

凤凰大酒店，25 层，
朝北的套间里，我临时起意，
却深陷在一个比较中：
语言的牢笼和时间的洞穴
究竟有何不同。世界观的形状
虽然不属于历史机密，
可一旦隐喻稍稍显得笨拙，
牢笼就很可怕；更可怕的，
似乎是洞穴比时间本身还狡猾。
很快，思想的僵局
便有了一个具体的海拔；
窗外的浮云看上去
虚假得就像石头的棺椁
已被大水泡成了乳白的絮状物。
封闭感强烈，但并不真实；
我踱步来到明净的窗户前，
上面有抹布擦过的痕迹，
但并不影响夏日的光线
尖锐得像悬案中的某些线索。
我感到了来自范例的诱惑，
用起来很方便；但太方便了，
就有可能包含着一种针对
人性的报复。犹豫之际，

一只黑胸胡蜂出现在玻璃的外面；
像是迷路了，它的动作有点急躁，
却不失轻巧，完全不像在探监，
反而显得我好像可以和它
来一次里应外合，将世界的界限
破除在小小的戏剧性中。
我能感觉到，它用尾部的螫针
不停地蜇向对肉眼来说
并不存在的玻璃之花，试图鉴定
它们是否真的是人造的东西。
而我脑海里则浮现出
耸立的悬崖：一只胡蜂
误以为大厦的墙面不过是
崛起的自然物；它甚至敏感到
一种空虚，试图从外面向我突破；
而我在里面，努力抗拒着
一个念头：如果我和它对调了身份，
宇宙的深处会发生什么？

水蜜桃协会

一块发光的黑板，
悬浮在时间的深处；
青草已经试过，
麻雀也已经试过，
结果都不太理想；
甚至野猫也用它的尖爪
反复区分过它肯定
不是一张画皮；
最后，从风声里传出
一个愿望：空置了
这么久的原因是因为
它只允许黑板上
有一种并列：宇宙和水蜜桃。
太跳跃了，简直没把我们的神话
放在眼里；怎么就从
冷冰冰的宇宙一下子跳到了
甜美可口的水蜜桃？而且我手上
这么多的黏液，柔滑得
好像公牛的精液，
如果不用洪水冲洗，
肯定洗不干净。

百里香协会

紫色花瓣的性状
已不适合在诗歌中公开交流,
只适合和最亲密的人
在大岩石后面慢慢分享。

从它也叫麝香草,便不难猜到:
将它扔进猪圈,倔强的种猪
也会安静得好像有什么
天大的事情即将发生。

遭遇之间,我负责流汗,
深蹲,像折叠亚洲地图那样
处理个人的阴影;以及走出徘徊,
将苦闷的象征折断在陡峭的山脊。

它负责制作绝不妖冶的
钟形花萼,并用古老的辛香去除
我身上所有的异味。到目前为止,
这交易,至少在我看来,还算很公平。

沙漠观众协会

如果你不曾理解世界的孤独，
沙漠是最好的舞台。
低垂的白云像是在察看
卷刃的地平线。先知的名字
不再是约拿。风暴的兆头
还很遥远，但戏剧性
还是有的；寂静不断增强着
寂静的效果，面具即使踩在脚下，
也是金黄的。时间的美丽
已完全稀释在透明的空间中。
无名的哀歌渗透心曲，
直到激动的肺腑渐渐冷静在
一个判断里：在抵达之前，
你以为你才是唯一的观众，
浩瀚的沙漠是风景，更是
风景的表演者。深入之后，
你突然有了另一种感觉：
表面上非常沉寂的沙漠
其实也是一个体形巨大的观众。
烈日炎炎，广漠的沙海
将你的震惊卷入角色的
重新分配。和静止的沙漠比，
你的孤独至少还长有一双脚。

缬草爱好者协会

为了挽回你的一个记忆，
蓬松的圆锥花序将原始的锦绣
高举在它紫红的花冠；
世界之大，什么东西属于你，
什么东西不过是过眼的
烟云，纯净的心结才构成
一个尺度。而它挺拔的暗示
犹如来自高大的草本植物的眼神，
温柔着你的决断。为了引导你
看清天堂和地狱之间的
那个距离，它选择扎根在
人迹罕至的野山坡；而你，
如果不经跋涉，用浑身的臭汗
洗濯你的远眺，你错过的，
就不只是它的容颜，很可能还有
化身在它身上的某种友谊。
荒野的寂静中，它偏执的芳香
像一架柔软的精密仪器，
将生命的直觉震颤在
开阔的野风中。蝴蝶的蹁跹
环绕着它的雄蕊。没错，
它身上的神话并未超越
败酱科植物的局限；但假如

你的清醒包含宇宙的同情，

它的姿态也会精确如记忆的安慰。

手艺人协会

除了蓝色，空气博物馆的
另一边，一定还有别的颜色；
否则，灵魂的颜色
就会失去对比度。这是
手艺人的信念，也是诗人的
底线。因为我们的肉身
在致命的缺陷里曾显得
过于完美。相通之处，
诗人的第一关，作为手艺人
他必须及时给自恋套上
一副精神的绞索；以便那
专注的时刻开始后，
他目测语言之树的形状
可以准确到仅仅根据一只鳞片
他就能判断出鲑鱼的性别。
残酷的自我摸底，直至人的孤独
渐渐混入磨刀石的暗光中。
诗人的最后一关，他不只是
看上去像手艺人：全部的锤炼
已在新的脱胎中成就过
心灵的寂寞；在他手上，
词语的分量也是木头的重量，
必须精确到分毫不差。

接着，他会搓搓手，就好像灵感
也需要活络一下经脉；
而真正的重点则是，他分配词语
就如同最好的木头如果
没用来制作一张大床；
柏拉图的世界观就会变成
一个盲人脑海里大象的出没图。

萤火虫协会

亮幽幽的小东西，
你们很像我猜过的一个谜。

世界的轮廓黝黑，
于是你们用发光的舞蹈推敲

那空虚的存在。
是的，轻巧的飘飞必须构成一种绝技。

而我将继续走神，
并在朦胧的护城河边遇到你们。

据说，你们和蚊子长得很相像；
而我不挑剔这样的事实，

不在乎你们对成年人的世界有偏见，
不在乎你们只诱惑过童年。

你们就像我采访过的刺绣女工，
绣着夏天最小的灯笼。

你们甚至绣出了灯笼里的温暖和奇妙，
而你们的绝技远不止于这些。

所有的美丽中，你们的面目最模糊，
也不容易证实。但是你们不借用我的"但是"。

你们的小蜡烛恍惚着，
好像最微弱的风也可以是一条细长的路。

我因迷途而接近你们，
因告别而知道你们仍是我的小朋友。

红景天协会

高原心理学。它知道
你曾受惠于陌生人的馈赠。
而感激越是陌生，
越表明这美丽的植物
的确传递过真爱。

迹象太明显了。你发紫的
嘴唇几乎已舔到
白云的影子，吸收
却遇到了麻烦；幸亏有神农
早就品尝过它的魔力。

小小的暗示之后，
神奇的恢复开始产生作用；
定睛一看，它长长的伞状花柱
密集得就如同植物一旦发起情来，
一头公牛也会躲到树荫里。

仰面协会

就好像这个念头
从未冒出过：这辽阔的草原
比时间更像一张底牌。

草丛中，寂静的小辫子，
轻轻一薅，就是一大把；
就差那么一点：你的自我即人的原址。

一松手，原来蝴蝶
也是人的小辫子。而一旦握紧拳头，
你能赢的，也只有你我的化身。

低垂的白云像刚熄灭的
硕大的吊灯；如果没看错的话，
蔚蓝天空则犹如刚揭掉的封条。

草原深处，虫鸣编织着
天堂的迎宾曲；我抽签抽到
人的孤独是最好的绷带。

既然无法把草原翻一个，
不妨背靠大地，就那样躺下去，
直至生与死统一在一个梦中。

纯粹的悬念协会

湖边。一块青石贡献了
一种纯粹的静止。它的体形
大到足以阻挡一辆坦克，
但棱角却很柔和。最多的时候，
可以看见五只野猫
高低错落，爬卧在上面，
仿佛在公示它们比你更知道
如何享受阳光的秘密。
但此刻，不管是黄猫花猫，
还是白猫，都不在现场。
从高枝上滴落的几滴鸟屎
已彻底风干；这么轻微的细节，
按现实感，似乎不足以表明
时间的沉沦也不过如此。
我当然不可能像野猫那样
卧倒在青石上。我要解决的，
远非我们还有没有可能享受
孤独的秘密。除非这是
在梦中，这湖边的石头
可用作记忆之锚；作为交换，
我把从我身上刚找到的
看不见的手借给了石头——
一个悬念就这样产生了，

这石头用我借给的手
将它自己缓缓抬起，均匀加速，
通风直到纯粹的仁慈
也跟着轻悬在刚出现的空隙之上；
这一幕当然也可以有
其他的解释，但我倾向于
信任的重量就是石头的重量。

万寿菊协会

为美丽而生，金黄的头状花序
像一次尽情的释放，
将无数可爱的小舌头
倒贴在无名的悬念中。

命运的安排，只能信一半；
春秋的大意里，只有将
长椭圆的叶形进一步分裂成
劲道十足的羽状，才会助长

姿态蜕变为资格。不领悟的话，
不妨善意地看待一下
灵魂和芙蓉之间可能的距离：
像是猜对过蝴蝶的脾气，

它们鲜艳的胸脯骄傲得就像
宇宙的黑暗中不乏
命运的例外：在它们身上
美丽的静物始终多于妖娆的植物。

那怎么可能只是一个任务？
颤动的花蕊深处，蜜蜂忙碌得
像一个豹纹钻头，身份却含混于
既是粗暴的侵入者也是殷勤的小天使。

小秘密协会

一方面，大自然的耐心里
甚至允许死亡都显得
有点虚假。爱与死，
生活与背叛，真心与绝望，
无论怎样凑对，梦
最终会将那分裂统一在
精神的突然性之中。
另一方面，美丽的煽动
不断通过各种化身
将你卷入古老的诱惑；
即使像你这样笨重的半人半熊，
也可以被想象中的翅膀
不断减轻，直到蝴蝶的组合拳
将你击倒在风景的小秘密中。

卷 三

取香时间

订单如下

纯净在雪山脚下的蓝色湖泊
必定有过一次奉献；
你的抵达，弄不好的话
就会让事情变得很绝对：
如此陌生，虔诚如何真实存在？

谁可以保证：你的虔诚
不止是你一生中最大的悬念。
事实上，一个人的虔诚
不仅意味着你曾如此敏感于
人和世界的同源性；

更意味着，你曾犀利地洞察过
宇宙内部的黑暗关系。
怎么才算彻底？足够虔诚的话，
越是陌生的奉献，就越像是
你手里正拿着一份订单：

你也许不完全就是那个对象，
欲望里还有太多的漏洞；
但风景和记忆也会做出神秘的筛选：
活着，就是以现有的形状为基础，
奉献出你没有的东西。

纪念戴望舒

一株植物举着他来到半空中，
像协商好了似的，
那里，雁群刚刚飞过。
几朵闲云舔着悠悠——
就好像它是一个狡猾的象声词。

灰蒙蒙的，天气不是很好，
我不太肯定那植物
是含露的丁香还是貌似宽厚的棕榈。
非此即彼？似乎也能抵挡
一阵子历史的险恶。

至少有一次，新婚的轮廓
犹如在湿滑的坡地上挖的猫耳洞。
一把情欲。周围全是莫名其妙的经验。
纯粹的自我像邻居。互相点拨时，高贵不得不
一次性选择：只伤感，不伤心。

生活早已是一座暗夜里的冰山，
诗人的生活尤其是；
而宇宙的晦暗就在附近，忽冷忽热。
大爆炸已很能说明问题了——
心灵是一次正直加上三次微妙的转折。

半空中还有座白色建筑

也曾是突出的借口——

它常常被误认为一座塔，满载着

名声不佳的阁楼。

每一次，风波替夜色送走友人。

五十年后，情形多少有点改观：

雾的合唱团带头解开

捆紧黎明的绳索。

如果小微妙，还要读者干什么——

记住！最理想的定义，诗是一次胜利。

蝴蝶来信

坑坑洼洼的，但石头的脸上
的确栖着一只蝴蝶；
风口已转移，而它低着我们在辞典里
看见过的小脑袋。

它的翅膀稍稍大于芍药的花瓣，
翕动时像叠过的小彩旗；
它不曾遗漏过我们所知道的
任何一种变身术。

一枚致死的别针
无辜得像它的晾衣竿。
有点冷门，但它的纤小的确是一门课，
它也让命运折中于小小的化身。

呷饮完昨晚的雨水之后，
它像是在倾斜的音符里睡着了；
而我则像是突然闯入了
它正做着的白日梦中。

我的脸被阳光的耙子
轻轻地犁着。
一阵风吹出了半空中

被我们平常所忽略的一口井。

蝴蝶身上的信
在白云的阴影里戛然而止……
我似乎有点想起了
我是如何掉到这井里来的。

取香时间

时间的马群突破了
玫瑰色的悬空感，朝我飞奔而来。

爱与死的距离同时被缩短，
古老的震颤吞没了
周围的鸟鸣。从你的角度看，
我或许没说谎，但错误可怕得犹如
我们不得不既爱又恨的时间
其实是一头胆小的香獐。
共同点是，飞奔并未减速，
反而增加了迷人的跳跃。
而我的惊异将在世界的愚蠢面前
暴露我的年龄：一个人
只有成熟于他的语言的味道，
他才是可取的。而此刻，
我不过是你我的分裂状态，
已习惯了瓶装的情感；
唯有隐秘的骄傲还涉及一点
难以解释的个人状况：我的语言
构成了我微微隆起的腹部；
变形停止的一刹那，奇异的回味
打破了世界的珍贵性。

北美洲的秋雨

我几乎不敢相信这里
也会下如此缠绵的细雨。
将近两个月，由于语言障碍，
一直是月亮殷勤地为我
单独翻译太阳的便条，
把原型按气象图的大小裱糊在
兴致勃勃的分寸感中；
那清润的语速缓慢异常，
仿佛它通过的是宇宙的喉咙。
而我之所以会误认那讯息，
是因为清冽的星光看上去
不像是在对那些幽蓝的数据眨眼睛。
反倒是我仍抱过时的幻想，
常常会拿闪烁的星辰
锻炼眼力。当我走向水池，
往铁壶里接自来水时，
那灌溉的声音突然涌进室内，
好像屋墙并不存在似的；
接着是神秘的和声
顶撞我的身体的乐器，
用赎回的可能逼我作出
迅速的抉择。而在事后
和不倒翁辩论细节时，

我能明确的，只是自己并未错失
他们所热衷的良机；
从一开始，我就不迷信结构——
它通俗的时候似乎可类比于
屋墙和屋顶的关系；
我偏爱的是规则，它们
或像棋盘，或像押韵，
脆弱却又似能逃避挤压，
那柔韧之力很难说
是在延伸芦苇的腰身；
它们出奇，只是因为它们更简单。
当它们埋葬时光时，我得出
正令你迟疑的教训。
而这场雨并不是下在
我的教训之后；两者
同时进行，也未必是在说明
我们之中有人一生中
只有一次输给了道德。
当我受困于无名的比较之焰，
辨认出普遍的摩擦时，
我仍当他是好样的。
我愿意想象这场雨
是为他这样的好人而降落的；
的确，串联起来的雨珠
不仅戏仿了线索，而且简直
就是在为线索伴唱：

半是消遣，半是纠正，
比铁幕下或者舞台上的
哼哼唧唧多出了八两激进。
而我知道一旦跨出了屋门，
我就会摒弃他们的常识，
把这雨水当宇宙最新的清漆来使用：
仿佛只要我坚持，不再需要
其他原料，我就能用我的单身
涂抹成一艘快艇，漂洋过海。

日常生活

每天清晨，我的邻居
会向路边的花草弯下身去，
样子就像一个厨师
正在捡掉地板上的大蒜。

开始的时候，
我跑步经过她。
一次偶然的机会，我才弄清楚
她是想喝草叶上的露水。

我坚持晨跑已经好多年了，
而她养成喝露水的习惯像是更早。
漱口时，我突然想到比起他人
我吸入过更多清晨的空气。

我也想到我的邻居，
同样的逻辑也没有放过她的秘密。
额外地，她啜饮露水，
虽说不能简单地用更多来衡量。

也许本来就没有必要去衡量：
就好像早餐时，我用左手
放下咖啡杯，再次饮用时，
却常常会用右手端起它。

卡桑布兰卡

卡车的卡，后视镜里
沙漠已提炼过苦海，
死亡是金色的；要么就是
只有金子从未输给死亡；
神秘人物已出场，看上去
很像诗歌司机正在戴白手套。
深究下去的话，人的痛苦中
有一种说不出的肮脏；
还是风景精通真理和命运之间的妥协
至少是可以变着花样的；
打破僵局的，注定是背景音里
将会下起一场夜雨。
桑葚的桑，严肃如紫红色的赌注
正在押宝飞旋的沙尘
像不像在给袅娜的红茶伴舞；
如果蒙上眼睛，就能扩大
抚摸的自由，你起码也应宽大
麻布的布曾将世界的通行证
藏进爱情的无可救药。
怎么可能永远都无色无味呢。
兰花的兰，至少比我们的更艰难。
如此，卡壳的卡里
只要还有一口气，
心，就必须老练于天真很复杂。

夜幕低垂

被砸中的，不只是
爱的情绪。鸟的叫声
也明显减少了。湖水的倒影
只剩下泡软的白银依然渴望
兑现一个怀旧。低垂的夜幕
令星光像安静的琴弦。
这是一个前提，倾听是奢侈的。
而黑眼睛将获得一次自由。
你中有我才不假设
命运女神会不会号脉呢。
如果按住了，孤独不过是一个针眼。
用最大的悬念和人生的低谷周旋过，
你会猛然发现，心跳得像不像
脚尖点地，早就卷入了
距离的组织。许多在白天
显得清晰的事物，将因为你的角度，
在夜色的模糊中获得另一种清晰。
比如，隐没在黑暗的轮廓中，
影影绰绰的白皮松和梧桐
就不止像拥抱的影子情人。
小山坡上，时间的细沙
正打磨深色的天衣，以至于
连翘怒放着的立体看上去
犹如睡着的黑骆驼。

奇　观

形形色色的寂静
似乎败坏过宇宙的本质；
死亡是一种寂静，要么就是
死亡和寂静常常互相借用
彼此的外壳；人不知道
该按他的绝望怎么办
也是一种寂静；对虚无的愤怒，
样子很吓人，但从内心的
轮廓来判断，其实也属于
一种寂静。从红尘中向外一跃，
那从未置身过的世界，
并未拓宽过寂静的边界。
但也有一种寂静无限包容过
我们的快乐。有一次，
时间已经很晚，你带我去看
宇宙的花心究竟和金黄的月亮
有什么不同？我记得
你用自言自语的口吻对着
仿佛并不存在的一个人说：
无论如何不要忘记，这么深的黑夜
也有好看的一面，
它不只是一朵黑色的花瓣。
它还决定着我们身上的蜜。

油菜花

金黄的老虎掏出了
全部的花心，占据了现场。

微风吹拂，尘世的浮力
将春天的金黄托出宿命的轮廓；
谁说成熟的金黄只能
出现在秋天？近在咫尺，
见黄的三月就很解恨；
盛大的花海围绕着你的深浅
起伏在蝴蝶的翩跹中。
在它们的面前，那神秘的抵达
既年轻又古老；一点也不介意
你还没完全准备好
人必须经常虚心一下；
每个角落都已被填满，
全部的风景倒向芸苔族的绽放。
经过蜜蜂殷勤的指点——
它们身上的碧玉柔软异常，
脆弱如你对人性有了
新的认识；它们身上的金黄，
你只能用来感叹：好雨果然耐人寻味。
那纯粹的凝望之所以可能，
纯粹是因为你不再害怕面对

世界的天真：在它们的美丽中，
唯有金黄构成了对生命的完成。

小生灵

并不是所有的悬念
都会围绕着假如乌鸦
失去了身上的黑色，它会怎么办？
惊呆的，只会是我们；
而乌鸦也许会难过一会儿，
但接着，它会鄙视世界的玩笑
已堕落到只能依靠极端性
来敷衍想象力的匮乏。
也只有在这样的冷场中，
盛大的匮乏才可能构成
一次艰难的自责。
重新观看时，角色已突变。
小松鼠会在雪地上
跳跃着，表演你终于
在它们身上找到了
灵性存在过的迹象；
一旦需要作证，你的理由
甚至可以充分到人性的恢复
仿佛来自你的脚印
曾非常小心地绕开了
那些坠落的坚果。

榆柳荫

——仿陶渊明

痛饮之后，时光的阴影
已不可能单独出现；
它会和高大的树木叠加在一起，
摇晃着，洒向生活的阴影，
不只是渗透，更要混入
并击败空气的烙印。

比起数池塘里的鸭子——
多了还是少了，我更喜欢
把柳树数成榆树。
从榆树的阴影走进
柳树的阴影，我就如同信使，
替影子传递影子的委任状。

在附近，盛大的菊花
令世界充满了悬念。
归途像粗糙的绳索，
打捞起寂静的田园。
硝烟并未散尽，但白云的耐心
已经受住了贫穷的考验。

春酒多么前提，

我抚摸着剑的影子；
但更多的时候，我的抚摸
也带来了新的陌生，就好像
这熟悉的山水，已变了形，
是尚未被认出的，更大的剑鞘。

凤尾鱼

这小银鱼曾让你惊讶——
至少有两次，你说
你非常想知道在大海里
它是如何捕食其他小鱼的。

这里远离海岸，每次你看见它时，
它早已被精细地处理过。
它被炸过的身子像是随时都在
向外渗出晶亮的油汁。

玻璃缸空在那里已快一年了——
擦洗时，你想象着
假如一群像小刀似的鱼
游在里面的话，会是什么样子。

一次，当我撬开罐头盒，
你说，它们就像是树阴下的
几头狮子舔过的残留物，
它们的神应是一块被迷宫腌过的肉。

另一次，你的灵感新颖如
刚从生活中拔出的一根棘刺。
你说，我咀嚼它时，很像一只猫——

不是样子像，是声音太像了。

为它取名字的人肯定没见过凤凰；
不过即使名字有偏差，
它看上去仍像一首味道十足的诗：
足够美丽，并有点磨人。

菩萨蛮

这么多让我叫不出
名字的野花拥挤
在一个插曲里。
我借口说我在寻觅，
而实际上，我在忙于吮吸，
给解脱换上凉鞋。

鲜艳，并且安静，
尽管面积小于格言，
但是足够了，这样的姿态
足以为普遍的拒绝推出
一个挺胸的原型。
不唯美，不主义。

偶然性并非如我们
曾感叹的那样：太宽了。
看看这些花吧，或者
领教这些点缀吧。
我注意到它们是挤过了
偶然性，才开始奔放的，

奔放在植物的哨所里。
如果继续分类，

就会还有一些警惕。
蜜蜂的小马达发动
我们无法搭乘的车辆。
品尝呢？现在我想承认

品尝也是一种旅行。
但我并不想参与辩论。
一些来自生活的打击
使花瓶变形。插曲
就是插曲，它不播放，
它也不是关于静物的新闻。

蝴蝶的小扇子
扇着夏天的元气。
我借给你的扇子扇着什么呢？
我们带着缤纷的小礼物跳舞，
样子像两只筷子
掉在婚礼最硬的部位。

暗　号

他们把你介绍给我时，
我正在给石头做记号；
手里攥着把刻刀，毛衣上沾满
粉末，嘴角叼着未点燃的香烟。

你站在那里：就好像上了电视
新闻的一次泄漏，刚在附近被堵住。
你脸上的微笑有些怪异，
不像胜利者的，但应该说很美。

他们说你是一位贵宾，
而我其实很愿意相信：如果有机会，
已入土的人穿上特大号童装
会说出他曾来不及脱口的话。

吵死人的伴唱音乐已随着
重重的门响，被关在酒吧里面。
现在，它的音量甚至比你的咳嗽声还小。
我注意到月光正梳你的头发。

我们交谈着，并把那些星星
当成我们说过的每一句话的逗号；
到后来，连你也注意到：风好像一张
写满字的纸。大地的波音格外清晰。

螺旋桨

静静地漂着。我们各自的替身
到达不了这片水域。此前一小时
像是有什么东西在空中爆炸了。

找不到其他的证据：只有你
穿着泳衣的身体因为能像镜子一样处理闪光
而完整得像一块醒目的碎片。

静静地漂着，这差不多是最正常的航速。
你知道假如是真的，我并不怕
被一伙外星人称为烈士，我甚至愿意。

整个现场已让乌云封锁起来。
海鸥不再传递消息，而是忙着运送
一串串能把人砸昏的眼泪。

事情好像也可以反过来：
用幸福去替代兴奋。或者就这样表白
我的目光因为有你参与进来

而变得更专注。当然，我还是无法看见
云中的情景。而有物体伸进来时
它就像一只螺旋桨。

整个世界好像都处在水下。

有人突然重得像石板，而这也不能使它减速：

"我的身体正快得像一艘兜风的快艇。"

卷 四

纯真年代

咏荆轲

油灯昏暗，苍蝇如同篆字
钉在发呆的食物上，纹丝不动
这时来了一些人，开始在下等酒馆里寻找
改变历史方向的因素

酒碗里浓烈的镜子又一次消失
黑暗在飘飞，像他们身后的雪花
对未来的恐惧使他们茁壮成长
但那一天，我麻木的舌头却始终未能捕捉到

这漂亮的祝酒词。黑暗在飘飞
长久地走路，突然驻足：
这之间如果有什么差别，那必定是
颤栗像一道油漆，深入浅出地刷在

他们僵硬的脸上，此刻我已醉眼蒙眬
昨夜的房事在我的右颅内造成
异样的揣痛。多解风情的幽燕女子
我想我差不多已找到了亡国的根源

平生第一次，在下等酒馆里
他们遭遇严肃的问题。我也是如此
永恒的愤怒像丛生的皮癣

爬满就义者临终的遗言：噢，一切都提前了

如果人们以梦到死亡的次数
来推选国王的话，我当之无愧
我的灵魂喜欢说：不！从我嘴里说出的
这个字几乎可以排列到天边

也许我有点自负，我的使命
就是把被怀疑的一切压缩成可爱的深渊
的确，舞刀弄剑使我对人生有了不同的感觉
我已习惯于让历史尊重那致命的一击

但我更为倾心的不是血能染红什么
而是在宁静的夜晚：眨动的星光
神秘的迹象，为茅屋里飘摇的烛火所怀念
我为不止我一个人有这样的想法而举杯

黑暗在飘飞：这个冬天唯一的
一场大雪正被急着运往春暖花开
加工成耕田人的希望。而像我这样的酗酒者
则会紧锁眉头，幻想着怎样把人的一生

焊入壮丽的瞬间。借着酒劲
我察觉到有人喜欢黑，有人酷爱白
还有人迷恋聪明、诚实的百分比
流言和谎言像两头石狮，守卫人性的拱门

岁月流逝，直指苍穹，时间之树令人昏眩
镜子的深处：光阴的叶子纷纷飘落
却没有一片想到要遮住我的冲动
难道我的剑影像一道历史的皱纹

我暗恋着不朽；并知道选择的奥秘
只涉及有和无，而同多与少无关
我承认我一生最大的过错在于
对青春，这唯一的知识，忍不住说过"再来一回"

就像那些动的女子在黑暗中对我所说的
黑暗在飘飞：仰望星空从不会
让我萌生从上面掉下来的念头。唯有奇思妙想
使我的武艺出神入化。但即便如此

出生入死也不是我的本意
死太像一种拯救，太像是必要的善
当人类的权势频繁代替命运的力量
把它赐给我们大家时：我的厌恶重复人的觉悟

我不记得他们是如何把我弄出酒馆的
那位英俊的太子的请求并不诱人
我之所以答应，完全是考虑到不能
让平庸来玷污这样一次用剑安慰历史的机会

尽人皆知的结局并不令我难堪

或许我临死前与嬴政的对话曾让历史失色

带着嘲弄的口吻，秦王说"谢谢你的剑术"

"不，"我纠正道，"还是感谢我的灵魂吧"

独　奏

当殷红的花瓣被
黑暗中的风暴撕碎成
满地的琴键，请原谅发疯的狗
听不懂玫瑰的独奏；

当你有点惊讶晚霞像一块披肩
试图盖住夕阳的钢琴，
请原谅喜鹊的独奏，因为它
未经允许，擅自将世界的寂静

当成了一件短小的乐器，
用于喧嚣的求爱。
请原谅星光下孤独的唢呐，
它的形状确实有点像刚刚擦干过

血迹的老虎的心跳；
没有人想吓唬你，从未见过
月亮也像有二胡的时候，
只说明狼的小提琴已离你越来越近。

琉璃罐

此刻，像被催眠过似的，
它摆放在货架上，摩挲着
小城古街深处的慢时光。

第一印象，它埋没在泥土中的时间
不会少于九百年。
痛恨的理由随之而来：

如果不被埋没，它的外表
本应鲜活在莹莹的绿光中——
那可是代表匠心的另一种呼吸，

足以令历史之恶难堪于
命运的轮回。但很快异样开始出现，
浑圆的矛盾也随之而来。

常识告诉我，如果不曾被埋没，
这么漂亮的琉璃罐，很可能早就在
战火中粉碎过无数次。

而经年的埋没也带来了
另一个角度：那曾经夺目的绿色
正变得像生锈的青苔，

在我目不转睛的注视下，
悄悄弥补着常常被忽略的
属于时间的一层表皮。

两只山雀

从正面看，我的激情
正集中于柿子树上的两只山雀。
八分钟之前，大约有五只；
十秒钟之前，只剩下一只。

果断时刻到了，我将雀鸟的声音
归结于时光的落差。听到的鸟叫
越清晰，宇宙和死亡间的落差
就越大。你选择了微妙的告别，

而我仿佛比你心中的海浪还赞同你，
我做到了影子无法做到的事。
尖锐于人生的寂寞时，
我只在起伏的鸟声中寻找世界的理由。

从反面看，两只山雀代表了我的激情。
两只山雀正从我身上夺走
纯粹的观看。两只山雀中的
任何一只，好像都和你没有关系。

两只山雀和你之间，好像隔着两个世纪。
多么活泼的动静。一旦飞走，
才突然意识到，两只山雀犹如你的
两只眼睛睁大在另一个世界里。

蚊　子

嗜血术中最可恶的
小坏蛋，以至于问题的解决
不得不依靠小小的私刑。
统计局的抽屉里
甚至放着一份秘密报告，
上写着：你拍死过的蚊子
和远在罗马的恺撒
拍死的蚊子，几乎一样多。
历史会骗人，但像蚊子这样的
反面角色，一旦编入
历史的细节，它会很自然地
显露出另一种真实。
近乎事实的真实，那里面
似乎还埋藏着一个真相：
在蚊子的法律面前，
无须华丽的言辞，血是平等的。
流在你血管里的血
和流在恺撒血管里的血，
对蚊子的胃口而言，
没有本质的区别。
你的存在，O 型血偏甜，
构成了蚊子自身繁衍的一个环节；
就像它的存在，也构成了
一个更隐秘的环节：血的失败。

底片研究

致命的一击已经发生。
虽然表面看上去，你的悲伤
比你本人发挥得更正常。
有些尘埃显然是从遥远的
星辰直接落下来的，
你的生活仿佛被涂上了
一层保护色；但因为比例失调，
那自发的英雄色彩尽管浓郁，
却显得可疑；以至于
路上遇到野猫，连它的眼神里
也闪烁着母亲般的叮咛：
"你必须向童年记忆里的狮子保证，
无论如何你都不会做傻事。"
是的，你不需要涂防晒霜。
隔着虚弱的呼吸，猛烈的爆炸
已发生在内部；晃动停止时，
即将见底的酒瓶贡献了
一截反光的支柱；而爱的坍塌
是不可描述的；或者说
你太投入了，在命运的敏感带上
因用力过猛而挖通了
时光的秘密隧道。带着点自嘲，
合理的解释是生命如此深邃，

所以它必须有一个内部
就寄存在你的身体里。

独木舟

这里，水太安静了。
平静的波涛如一个深色的祭坛。
每个影子里都钉着
一颗永恒的钉子。

迷蒙的雾气表明
在附近，有一个类似死亡的阀门
自打开以后
就被忘了关上。

所以我多少感到有点抱歉：
我的情况似乎
和你们的，不太一样。
我的独木舟是由爱情做成的。

而这样的结构本身
就非常主观，且很可能还包含
一种对爱情的伟大的误解。
摸一摸肋骨，就知道

它们多像苍白的
因神秘的嫉妒而突然
缩小的船桨，但它们的结实

也经过了恐惧的洗礼。

所以我最后的问题和它前进的
方向有关：难道就没有例外——
一个男人的成熟只能来自
他对汹涌事物的合理的隐瞒？

旖旎学

不知不觉，沉淀在时光里的东西
已处在被审判的位置；
你的影子已经过时，落后如
缀有花鸟的扇子
再也扇不动红楼里的寂静。

一个同情虽然及时，深邃如
天空湛蓝；但大水退去后，
从泥沙里挖出的铁马，
却一点都不旖旎。耸立的水塔
像刻刀，记忆中的深刻划痕

却来自生活在别处。
靠踢树来唯物，顺便发泄
一点情绪，尤其不道德；
不仅如此，在附近，
冷漠的石头已堵住了

大自然的天眼，令变形的
时间的笛子再也看不出大小。
最难的，内心的风景，
与唯一的爱越来越脱节；
温柔太依赖碰巧，怎么办？

纯真年代

南方和北方的碰撞
通常会很剧烈，甚至可以
将历史的车轮碾成齑粉；
但这一次，发生在你我身上的，
这古老的碰撞却很轻柔，
且深邃得犹如燕山尽头，
咆哮的大海已被朵朵白云消过音。
任何试探，都不会见容于
纯洁的气息；这是我们的幸运，
也将是我们的苦头。任何表白，
都不如白杨树下我们各自说
一件自己最喜欢的事情。
报过花名之后，最喜欢的植物，
居然在我们身上分歧很大。
你的南方水仙清香四溢，
放到哪儿，都会造成一个亮点；
但对刚从高大的木棉树上
爬下来的我来说，它有点太玲珑。
但太玲珑，又是什么意思？
当我就像上当似的，很卖力却始终
解释不清木棉身上的英雄气质时，
我才意识到：我们不是有可能
而是确实来自不同的爱情星球。

爱得更多的，爱得更骄傲的，
那个年轻人，如你后来指认的，
似乎并不了解世界的险恶，
却已将我不仅带离了黑暗的青春，
而且带离了盲目的肉体——
不知不觉，竟然走得比距离产生美
还要远。如果失败了，
死亡的面子，还要不要顾及？
或者如果结果还不如垃圾，
烧成灰，就能令世界恢复原样吗？

不可言传的事物

无边的黑暗中也会有
像月亮这样明晃晃的纽扣；
什么时候被解开的，什么时候
又被突然系紧，仿佛只有
你一个人知道。

皎洁的天光稳定得超乎想象，
甚至现在依然叫它清辉，
也是合适的；甚至最大胆的祈祷，
也会因那清晰的光晕而变得可能。
甚至都不必有东西露出来：

因为那暴露的东西很可能
既让魔鬼懊恼，也让天使难堪；
关键的位置上，有那样
一枚热爱反光的，情绪饱满
而又硕大的纽扣，足够了。

从来就不需要很多，
正如太多的灵魂反而
会令一个人疲于供血不足。
你只需看清楚，这明亮的纽扣
已在天平上称过不止一次。

所以才会出现这样的迹象——
晦暗的世界中终于有事情
朝你的心跳不断倾斜，它们的秘密
仿佛只有你一个人知道；
而这荣耀足以表明你已成人。

偏　方

我适应着一些绰号和棘刺，
但我不能肯定我是否
已学会区分它们。

它们在我身上留下的小洞，
表面看去，几乎没有任何差别。
深浅一样，连直径的笔画也一样。

我在斜雨刮不到的地方
修理着我听到的声音——
它就像一辆旧自行车正在上坡。

但为什么我在过去的梦中的叫喊
也会夹杂在其中？是否每个人
过去的生活中都有一只悬空的篮子？

我在我中躲避我，却纵容你。
他们采摘我时，向喘粗气的游人
介绍说：野酸枣最补身呢。

白皮松

每天路过它们的次数
不会少于十次。所以我和它们约定：
不论人生如何孤独，我的私人
问题每天不能超过十个。

季节不断轮替，而它们的体态
几乎没有变化。细雨点拨
北方大地时，我会心动于
它们的苍翠胜似饱满的情绪。

因为它们，我相信时光的门廊
对每个人都曾开放过。
它们扎根在通往湖边的小路上，
甚至单独的一棵就能将孤立的风景

变成一桩心灵的事件。现在轮到
今天的第九个问题：如果和它们换位，
能拯救人的灵魂但变身
还没完全过关，你愿意尝试吗？

站在它们的立场看世界，
你会嫉妒鸟叫比我们好听吗？
第十个问题，你还记得在我和它们之间
最初的礼貌是怎么回事吗？

轻舟学

如果你喜欢踢球，
你很快就能适应它的摇晃；
并判断出：它既不是扁舟也不是醉舟。

只有在它上面稳稳站立过，
那纯粹的快感才可能摆脱
错误的纠缠，坚决成一个记忆。

它确实很轻，但这轻的对面，
世界的沉重并没有
被简单地钉在铁板上。

它轻得像我们每个人都曾
和自己的灵魂脱过节；
它轻得像你还有机会克服人的迷惘。

穿越重山时，它甚至轻得
令宇宙的浩渺都有点紧张，
所有的恐惧都已失灵。

伟大的漏洞

动作必须很小心——
把红布慢慢抽走后，
一切仍正常。这样的步骤
不可省略，否则真实会发疯的。

全部的齿轮转动，
人的错误归结于可怕的漏洞，
以便在我们需要时，
它们是可以替罪的方向。

而只有将空气视为蓝色的墙，
你才会发现它们的真相；
并看清它们不同于
新闻报道中的正面意义。

第一个积极信号，爱是
我们有过的最好的漏洞。
很难理解吗？敲击铁皮鼓后，
就找不到光线，看清手上的铁锈吗？

第二个信号更积极：恋爱时，
我们其实互为彼此的漏洞；
如此，深渊才显得浅薄。正是通过
那狭小出口，逃离才变成一场大戏。

沙子，或孤独心理学

把红酒打开后，
暗黄的月亮便成了
世界的新瓶盖。

我看不见那些缝隙，
只能赌一个结果：度数不同，
经过新的浇灌，那里面

有东西会慢慢鼓胀——
犹如爱情的钥匙，
或传说中颜色最黑的种子。

而我的孤独就像一个麻袋，
摸起来很粗糙，但它会收容
我身上散落的每一粒沙子。

大海深处

深到最深的爱
也不得不自动放弃。
深到只有那个地方，
才谈得上时间是公平的。
深到绝对的黑暗都有点不好意思。
深到不曾失去爱情时
你也会很自然地以为自己
从未去过那地方。非常深，
深到无法想象那里会有生命存在。
深到人类的恐惧已不够用。
深到幽暗的例子中
你不可能相信一个巨大的铁球
在周围海水的压力下
会被压扁成一块尖叫的铁板。
深到死亡也不敢宣称
它曾统治过那里的一切。
深到此刻，你的诗中的语言
仿佛感到了同样的压力。

那一天

你会等到那一天的,
我爱过的女人在楼顶上这样说。
你会看到那一天的,
我的中学老师在操场上这样预言。

你会活到那一天的,
我最好的朋友竟然也这样说。
你会熬到那一天的,
我的邻居曾在胡同口这样感叹。

你会面对那一天的,
我的天敌曾这样发出警告,
他昨天刚辞掉了马戏团里的工作。
那一天就像时间的一根肋骨。

那一天只属于你。天光静静地倾斜,
命运的门槛仿佛有了新的凹痕;
母亲边炒鸡蛋饭,边大声断言,
你的全部弱点都会在那一天被克服。

那一天全部的神秘看起来
就像一排浪。永恒的呼吸激烈于
你的眼中只剩下单纯的情景:
人的一生,多次错过死亡是可能的。

世界太古老，眼泪太年轻

拧拧吧。痛哭是最好的板子。
流过的那么多眼泪中
只有这一次是为春天的月亮流下的。

只有这一次，我发现
人的断线的泪珠可以重得像
一只快速下坠的铁锚。

只有这一次，我能感受到
高悬的月亮原谅了世界的黑暗，
但不是出于神秘的同情。

你肯定听不懂，你又不是一条狗；
你肯定很诧异，人的眼泪像下沉的铁锚的话，
人的状况又如何解释呢。

汹涌的波涛准备好了吗？
晃动的甲板上，缆绳已快要崩断，
世界末日的面子还要不要给？

多么真相。人的悲哀挽救了
你我的真实。用泪水洗过之后，
大海会平静得像一面值得信任的镜子。

骑术课

尝试回答我们与大雁
有何不同时，我骑过时间的影子；
风里来，但不是雨里去；
崇山的颜色一点也不峻岭，
大海很遥远，哭泣的草原
听起来像断续的传说；
那么多的界限突然婀娜在
世界的假象中，包括我们
将爱的错误狠狠归于
我们还年轻；飘忽代替了野性，
陌生的恐惧颠簸着
我对灵魂的无知。难道这就是
奥古斯丁留下的口信：
一个人的救赎将始于
他对自己的无知的愤怒；
我还会有别的你别无选择吗——
当我的身体明显变轻，
可不可以说，我的骑术
有了新的飞越；此刻，我骑着的是
进化了的空气，无限透明的
蔚蓝的空气，一匹最不可能的
无形之马；唯一的迹象，
现实正变得越来越稀薄。

爱的烈度

在痛苦和绝望之间
也许会有一次神秘的赐予；
爱人与爱本身有时并无关联，
这苦口甚至很伟大。

所有的誓言都有毒性；
如果还想严格于命运的话，
请先恳求凤凰的原谅，
接着，再请求那些灰烬的原谅；

因为人的事实如此明显：
一个人竭尽亲眼所见，
也只能看见各种飞翔的替身；
诚实的空气中，他不可能见识到

那美丽的神鸟；而这样的遗憾
终将构成了反面的传说：
你梦见了凤凰，你就梦见过那样的火，
你无需对死亡出卖那些灰烬。

雪　球

替代的方案还有很多，
但它是最完美的。

静止时，宇宙的球状寂静
在它身上暴露无遗；
它甚至不需要借助轮廓
就可以让你感受到
它雪白的爆发力。你身上
新获得的镇静应该
来自对它的长久观察；
它并不是一个被动的对象，
它几乎参与过你青春期的
所有秘密，却从未向外界透露过
半点风声。它纵容过
你对纯洁的无知，它的浑圆
已抵消了人身上人部分的愚蠢。
它不需要太多的形状。
它需要的是，你最好能有一个高度——
一个经过攀登才能抵达的
特别的位置：轻轻一推，
它就会向你提前示范，
雪白的运动会终结
怎么样的未来的悬念。

秘密赛事

无论你是否在场，
一条细绳已穿过万物。

那些细小的眼孔
之所以不容易看见，
是因为它们知道，什么样的怜悯
对我们更有效。

风云已足够生动，
你我的反骨也套在上面，
像石头做的钟
想找到一个向下的锥形。

也可以试一试：送给悲伤
一座真正的大海，
一座晃动的大海，波涛之上
深色的飓风已变成我的手指。

不服输的话，就和夜晚的寂静比一比。
配方中最好有浩渺，
就像那些月光下的沙子，
带着你的脚印，返回古老的遗忘。

破碎的心花

很真实，人生的崎岖
在爱的失败中
兑现了来自他人的
记忆的折扣。青春进行曲
消失在落叶的背景音中，
微弱的回声听上去有点严肃；
只不过悲惨的，不再是
悲惨世界。从湖边回来，
一只燕子沿着湛蓝的脑回沟
飞进蝴蝶的睡眠——
有何解脱可言？当深爱
挡不住眼泪的溃堤。
废墟纪念碑，我敢打赌——
在此之前，没有人
曾认识到我们的底座
会无形到这一步：
一个同类于我的人，
赢得了化身，却输掉了替身。

不亚于一次地裂

轰响来自内部，
很突然，就好像你梦见
在喜马拉雅山附近，
你已爬过了寒冷的雪线，
怀里揣着挂满
冰花的雪莲，
甩掉了盘旋的秃鹰
对你的盯梢，
但世界的虚构性本身
却出现了问题。

爱的否定

镀金的驴皮
已经被剥下，却没有
最后的真相暴露在
阳光的鞭影中。

从牙印上找原因，
苹果一点也不无辜；
受到牵扯，命运的道具
就深埋在你的灰尘中。

你的灰尘，土拨鼠还没有称过，
摸上去依然很烫；
甚至涅槃的凤凰都不曾留下
热度相近的灰尘。

为了打消你的怀疑，
爱主动将它自己点燃；
一场大火，你的骨头是它的新柴；
不断添加后，你才会遇到我。

湿漉漉

声音低到就好像蜗牛
偶尔也能听懂
蚂蚁的黑话：它可以单独存在吗？

树枝晃动时，你的影子
犹如一次情感的失控，
弥漫在它的痕迹之上。

但你不是它的源头，
沿着涌流的眼泪，失恋的人
只能找到相反的地形图。

隐隐的雷声中，断线的雨
爱上了挥动的鞭子，
但它不是雨的纪念碑留下的碎片。

明亮的星星倒是有点像它快要
变形的开关；拧一下，爱的流量
似乎可通过你的手纠正致命的错误。

非要定性的话，它的面积本身
就构成了一种冒犯，
刚好和没有主人的寂寞成反比。

候 鸟

如果没有这些激动的小黑点，
我们几乎已开始习惯
天空如迟钝的坟墓。
而仅仅凭借有点疲倦的
注目礼，天空深处，
自由和空虚将很难区分。
为什么我会如此担心——
假如没有这样的区分，
人不可能意识到，这些准时
出现在昏暗的天边的候鸟，
并非在炫耀美丽的习性
可以战胜时间的冷酷。
它们的迁徙是对生命之弧的测量；
它们另有仪式感，以至于
高傲的飞翔中，它们的颜色
深如灵魂的酵母，摩擦着
世界的风景，以及生命的渴望
因这陌生的摩擦而趋向永恒。

造化，或冬天的反自画像

鬼斧已被月光重新磨过，
匠心被替身放大，
神工还来不及委屈，
爱的地形已隆起在你的呼吸里。

最深邃的旋涡构成了
生命的秘密。只有被紧紧夹过，
神秘的原谅才显得真实，
我怎么可能会借口我有点走神。

事实是，在那种情况下，男人的纯洁
其实就是不及格。错误必须很美丽，
也确实可以归结于你的脖子
摸起来像珍珠输给了红杏。

因果链哗哗作响，像是不甘心
情感太情绪。什么东西在变形？
当迷人的吸盘最终
只能靠忏悔录来意会；

刻骨到只剩下运气不够好，
要怪就只能怪，时间的倒流
并不需要更多的手印，
只需你眨一眨明亮的眼睛。

密云归来

蝴蝶和矿石之间，
一个和你有关的形象还很年轻；
呼吸像梳过的风暴，
膨胀着你的信念之火；
北方很辽阔，你却不得不
穿越最狭窄的命运。
既然风，依然是游戏的介绍人，
流过的眼泪，就让那些油绿的树叶
把它们都擦干吧。
顺带也把所有的痕迹
都归入眼前一亮吧。
阳光如竖起的琴弦，
将你的领略感重新绷紧；
可怕的嶙峋正好可用来
磨快生活中的疑心；
变形记里，无知的叫嚣
凝固成滚落的巨石，
甚至爱与死也已被用过不止一百遍；
但最终，寂静之歌中止了夸张，
犀利的反光镜中，死亡的阴影
渐渐漫过人生的悬念，
爱，却还没被爱人真正使用过。

窥视者

我身上的树叶像无形的剑，
碧绿的锐气呼之欲出，
我的剑隐藏在我的肢体里；
天知道，我并没有说谎——
我身上的花朵闪耀如春夜里的星星，
没有绽放，就秘密的觉悟，
我的星星也隐藏在我的肢体里；
当我用极端的孤独击败荒野的寂静时，
区分树叶的颤动和剑的舞蹈
已毫无必要。这样的混淆
会悄悄转化我的立场，就好像
围着我翩飞的蝴蝶，重新发明的
不是我的身体，而是你
对我们的身体有了新的看法。

卷 五

防滑钉

陡峭学

这样的秘密
我将只告诉明眼的内行人，
白云的柔软十分陡峭。

鸽子的盘旋已经结束，
它们的飞翔留下的时光的空白
也显得十分陡峭。

灵魂不会输给崎岖，
但必须承认，出发前的寂静
已深深陷入陡峭。

孤独的行进中，
一个人必须学会和绳子谈心；
因为一旦涉及是否可靠，信念也很陡峭。

其实事后想想，像这样的
语调轻柔的问询："你准备好了吗"——
也曾让古老的回声陡峭不已。

蝴蝶先生

你的聪明的愤怒震裂过
蝴蝶的棺柩，把伟大的文学
变成了一只西班牙斗牛
向塞万提斯猛冲过去。

如果刺中的话，已经死去的人
也依然会流血：但这样的事
再想挤进花边新闻都会很费劲；
"《堂吉诃德》最理想的结局

就是狂奔的铁蹄下的
那堆著名的碎纸片。"
那一年，人性的枷锁
在巴尔扎克的咖啡里已泡得

黝黑铮亮；洛丽塔还很嫩，
几乎与玛丽莲·梦露同龄；
你也没料到正是她发明了男欢
女爱的新配方：管丈夫叫爸爸。

"这是她们俩之间的事情，与我无关。"
当然啦。任何表白都将被人类的悬念所利用。
小说家的责任不过是阻止道德

进一步沦为"弱者的武器"。

据传记作家挖掘，你只经历过
一次婚外恋："很有趣，像吸可卡因。"
但是你说："也许会令大伙失望，
我很快就戒掉了；根本就没上瘾。"

注："弱者的武器"语出尼采的《权力意志》。

七　月

斜坡就很现实，七月向下滑去；
蝉声被留在高处，茂密的枝叶
反衬着新的无辜。而在更高处，
一只风筝威慑着悠闲的鸽群。

我看见一个面貌酷似我的家伙，
紧随下滑的七月来到了时间的底部；
我看见他的面具被风粗暴地掀去，
像断线的气球迅速升向穹顶。

我听见他的颤音混入了清白的遗言：
"这位置其实很不错，就像坐在
老式轰炸机的驾驶舱里。颠簸中，
准星暴露了一种随机性，权力的秘密

常常迷失于它有太多的选择。"而我的冲动
犹如海浪吐着舌头：我对他的命运
一点也不好奇。我只想知道他和我
是否有血缘关系，为什么会长得这么像我。

潜水员最后的肖像

将天路锯短成一个历程
并非是我突发奇想。
我早有打算，我的心，
并不是我最理想的去处。

月光下，它太像海，
太容易爱上诡谲的波浪，
太容易被起伏的表演所迷惑，
太容易沿浩渺的逻辑平铺

一个时光的秘密。这是在南戴河，
九月的夜晚美丽得犹如
冷静的细沙还从未向他人
展示过这宇宙的底部。

原始的黑暗只存在过几秒钟，
更多的黑暗因渔火而具体；
黑暗中，不可能有像样的消遣，
黑暗中，只有被错过的觉悟。

注定会有这样的混淆：我全速潜入
内心的大海。我确实假定过
波涛下面，那深不可测的幽暗中，
不可能没有你的影子。

爱人或四月的反自画像

半小时前，出现在半山亭，
半小时后，闪身在峭壁边缘；
汗水没有白流，崎岖的道路
毕竟比青春的黑暗讲道理；

多么残酷的法则：丧失之后
反而有了新的辨认的契机；
你会看到，阳光的小镊子从他身上
拔出了扎人的锐刺，以便你

不只是外表看上去和他
有几分相像。斜靠在梧桐树上，
断线的风筝和踢破的足球分别是
他在迷宫和废墟里用过的两副面具。

至于你，即便你掌握的秘密
已多到无孔不入，你也只是他的替身；
就像此刻，微风将他推入灌木丛深处，
你负责用影子之歌瞒住历史女神。

小牧歌

吹拂着春草，弄影弄到
主要的放牧对象
仿佛可以从风的情绪中
认出它自己的前身；
譬如，命运女神的头上也曾长过犄角。

辽阔是药，正如青春是配方。
拧一拧绝对的影子；
仅凭美丽的绝望，神秘的眼泪
就可以把心中的漩涡
加工成彻悟的雨。

积蓄了这么久，既然
神秘的湿润是不可辜负的，
想提前翻底牌，就翻吧。
你的最上相的底片未必不是
用月亮的眼泪冲洗的。

用孤独的草原加深记忆的
唯一方法只能是：词语是烈马。
奔跑中，扬起的滚滚沙尘
足以将人生的迷误
稀释在不断卷刃的黄雾中。

前倾着身子，紧贴着
风的面具，骑手是
从词语的颤栗中剥落的黑漆——
看上去就好像不止一个幽灵
被远远甩在了后面。

黑牧场

夜晚是一座牧场，
时间的道具已派不上用场；

原始的寂静多么营养，
就好像尘埃是最好的魔术——

不仅仅变出了我们，
它也变出了世界

不仅仅是一座迷宫。
草木深处，一个新人等待着

被你认出；而月亮的手指
已率先从兔子洞里

挖出了一枚金币。
太遥远了，但它的购买力

却兑现了一个理想的冲突。
严重的后果不亚于你

既然如此着迷于归宿，就不妨
借闪烁的星光练一练久违的镶嵌感。

昆明湖

视野之内，水域谈不上辽阔；
时不时还会有一个南北的对比
渗透到被云影弄坏的情绪中。

把烟波的起色全算上，
浩渺也只是露出了一个端倪；
但起风时，掀起的波浪

却足以让一个人清醒地认出：
在死亡的边缘挣扎过，
我们的世界观会受到怎样的刺激。

并非只是江湖的一个缩影，
即使青春之歌偶尔跑调，它也是记忆的
永远的蓄水池，始终围绕你和我。

下雨时，荡起的双桨将由摇摆的柳丝接力；
命运的形状再难产，也不会妨碍
此岸和彼岸在此显得比具体还得体。

它对我的视线的纠正，促使我信赖
这样的角度：再怎么巨大的阴影
都会被对岸的灯火收编成一个橘黄色的小亮点。

为什么我要这样说到来自梨花的教育

为什么不试试另外的方式——

把朦胧的千树挪开，
它不需要繁密的美丽
借由我们可疑的眼光
来确认它不可遏止的绽放。

把寂静的山谷也从布景里撤掉；
它不需要对称任何一种现实。
把看上去生动的缤纷
从画皮里剜出来：这一点，

尤其重要。把比喻之雪
也从它严酷的环境里全部擦去；
无论你找到的名义是什么，
现在，就把冷傲还给它的真实；

不要让莫名的伤感模糊你的视线：
花瓣细碎并不妨碍它正在春天的树上
跳巨大的舞蹈；主题很鲜明，
一种非凡的热烈不会在意时间的嫉妒。

基 石

盘旋并未结束；
例子不一定恰当，但的确
没有一朵白云会需要
漂亮的雕像。金苹果被蛀过之后，
找来的绳子越多，
时间的麻木就越像一个肉球。

沉住气，将一枚青草
揉成一小团，塞进嘴里；
咀嚼无法缓解的，就换一种咬合力；
能堵住什么，就堵住什么，
干涩的嘀咕迟早会引来
同情的魔鬼渴望兑现你的吐沫；

至于绝望的嘶喊，和苍鹰的
唳叫相比，本来就够丢人的。
试一试，影子的召唤吧；
或者，试一试这深邃的目光：
爱像潮水一样退去时，
露出的石头，还不能称之为基石。

香樟树下

不知不觉，耸立的塔
已经被替换。
挖掘机驶过冒烟的拐角。

在那个位置上，
距离被缩短的意思是，
自然，离你中有我更近。

起伏来自半空，
街道因头顶有鸽群
盘旋而悠长；

流水努力流向
一个背景，向东还是向右，
并不妨碍树荫里的

道德几乎从未输给
人世的恍惚。有没有想过，
被绳子吊起过的

迷途，其实也可以
像过于低垂的树枝一样
在膝盖上被折断。

正好就有两个主题
也需要分成两截
来重新处理：在祈求

得到更多的时间之前，
人的主要问题一直就是
使用好你的渺小，利用好你的孤独。

诗歌附体学

你身上有红白两朵玫瑰，

如果不老实交代的话，

你身上隐藏在树叶地下的蛇，

会显得更难解释?

亮幽幽的小眼睛已经将世界卷入

一个紧张的埋伏：可不只是

文身没文好那么简单；

它的肚子里鼓鼓的，

像是刚刚吞下过一枚戒指。

金属的精神分裂症，一枚比爱还纯洁的戒指

既属于你的身体，也属于

蛇的身体；正用阴冷的静止蜷缩起

一个仿佛可以入药的形状，

逼我们直视我们自身的愚蠢

就没法用别的方式治愈。

轻松的时刻也有，你身上

有一头大象，沿着梦的边界，

不定时地，巡视着

古老的领地；因此，更适合你的角度

很可能是，我们的身体

是一座变形的舞台，被可怕的荒原

秘密的花园同时租用着。

这狡猾的矛盾应归咎于

造物主的缺陷。而飞翔的感觉表明，
你身上还有一片激动的大海，
浪花和泡沫积蓄着一个蔚蓝的仪式；
辽阔的背景中，一只鹰隼
用它的影子训练着你的听力；
直到有一天，你像是听懂了召唤，
扔掉手里的网，跑到
沙滩上，在看上去明显不是
魔鬼鱼的鱼身上，
宣称你将捉到一个魔鬼；
但旁观者身上也会有一个
比柏拉图更瘦或更矮的柏拉图——
综合考量后，这样的行为，
去除掉不合理的夸张
和自我炫耀的成分，
可以被视为拯救计划的一部分。

防滑钉

太滑了。即便羽毛落在上面，
也会很快滑出地平线，
从视野里消失。

为了防止滑倒，
需要把嘴唇舔过的钉子
钉进你的悲伤中。

太短的钉子
已经被证明非常耽误事；
太少了也不行，钉子的数量

显然不能根据手指的
数目来简单类推；
必须考虑到极端的黑暗。

一开始，阻力的确有点大；
用了很大的劲儿，
钉子像钉在了无形的钢筋上。

十天之后，你终于
可以站稳。每迈出一步，
都能感觉到：这些钉子

在生命的内部
针对人性的弱点，
发出的钢铁般的问候。

黑鸟观止

如果你还没见过
插着翅膀的黑钻石，它们就是。

自信的程度仿佛和五百万年前
如何选择灵魂的颜色有关。至于对或错，

它们没时间鉴别。如果有什么遗憾，
一直守在旁边的，我们或许会知道。

相比之下，乌鸦更像是
小跟班，只知道欺负焦煤的眼泪。

单一的色彩，导致的瑕疵
对我们而言是明显的；但对它们而言，

那意味着，世界已不再值得妥协。
它们宁愿自身的黑色

会招致危险的暴露，也不愿
生命的快乐在自然的羞怯中降低

任何一个未知数。它们是猎手，
精通杀戮的同时，过手的垃圾

甚至比死亡更多。大多时候，
它们看山去就像乌鸦或鹦哥；

但假如你不存偏见，从外形
到滑翔，它们可以说是漂亮的；

它们身上的乌黑加深了美的困惑，
而白夜的局限表明，那也是无关任何征兆的。

重　影

美丽的翅膀不一定
都长在鸟的身上。众多的例子中
最轻盈的，翩跹的蝴蝶
常常比人更能捕捉到
灵魂的舞姿。这一点，
你没有想错。容易看走眼的，
缺了角的现场，只能靠
爱的舞台来转场——
正如飞翔中的追逐
总会有一个重影涉及
我们的拥抱曾被恍惚的
岁月，压得扁扁的。

浮云备忘录

这是一个事实，苍蝇眼里
从未飘过一朵浮云。
非常肯定，就好像你
刚刚喝过一杯浓浓的红茶。

这是一个秘密，蜗牛眼里
也从未飘过一朵浮云。
同样很肯定，就好像你
已经洗好一把韭菜。

这是作为一个事实的秘密，
瓢虫眼里，从未飘过一朵浮云。
岂止是肯定，就好像两个小时前，
你已用菜刀磨出了利刃。

这是作为一个秘密的事实，
麻雀眼里，也从未飘过一朵浮云。
所以基本可以肯定，眼里只有浮云的话，
狗会把所有的骨头啃成时间的粉刺。

盛大的夜

它已将黑暗重新砌好，
穹顶的弧度已清晰可感，
深渊即将灿烂。

它已在透明的空虚中
重新注入了活水，
新的流动即将形成；

而最陌生的你
将会出现在
最漆黑的旋涡中。

它将会膨胀成一次精神的弥补，
星星即泡沫，就如同
生命的卑微也是你的奇迹。

它将会默认一种状况——
空虚已被空无填补，
它的边界也是你的边界。

它的无边的黑暗
也会向你索要
一份原始的记录：就好像

一万年前，你射出了一支箭
没能命中那头奔跑的鹿，
却变成了今晚的流星。

别 针

当混乱的生活需要有一个
穿透性的分类，它就会派上用场

既是小物件，也是小帮手
还有很多即兴的名字等着你

通过它尖锐的刺激来加强
耐心和世界的特殊联系

现场太突然，但你一点也不惊讶
稍作变形，它就可以当钓钩用

记忆的深处，如果你愿意
湍急的水流中，它甚至别住过一朵浪花

最风光的时刻，当属在婚礼上
那么多鲜艳欲滴的玫瑰只能靠它来稳定

唯一的困惑，别过蝴蝶的标本后
它如果不叫凶器的话，你觉得野猫会怎么想

柳浪观止

料峭的另一面，黄鹂的鸣叫
渐渐淹没在麻雀的叽叽喳喳中。

风，越来越紧凑于风声，
以便从命运中过滤出熟悉的颜色。

不上钩，慢悠悠的锦鲤
才完成了一个十足的化身；

轻拂的同时，倒影如底片很完美，
将离别浸入时间的冲洗。

并不需要抓住所有的机会，
毕竟多数时候，人生的枷锁浅薄于无形。

晚 风

你眼里的沙子，它吹不掉
你心里的石头，它搬不动

除此之外，命运的暗示中
其他的节奏都已失效
唯有它像是专门围着我们
兜一个天大的圈子

即使那些缝隙从未被人发现过，
抑或那些缝隙根本就不存在
它也能钻进去，沿无限的曲折
在你的内心深处，找到
这个世界上最小的
心灵之窗，并将海棠的气息
像拟人似的，半封闭在
一个特别的记忆中

审　视

黑暗中，我半蹲下去，
用力抬起身体里
已有点僵硬的
一根木栅栏；

我等待着，并且坚持
用牙缝呼吸；
我本以为：那该是
一个难得的机会：

至少会有几匹马嘶鸣着，
腾空跃起，冲向
远处的地平线；
但过了很久，什么也没发生。

我的身体里既没有黑马奔出，
也没有飞出金翅雀，
只有无穷的静寂
像一只无形的虫子。

有关时间的马群

飞逝的时光常常被形容为
奔腾的马群。语言的栅栏
几乎形同虚设；寂静的春天，
时间的马群浑身碧绿；
每一阵风，都像松开的缰绳。
神秘的咀嚼之后，星星犹如裸露的草根。
成熟的季节，时间的马群
清一色都变身为俊朗的枣红马；
飞扬的尘埃落定时，沉思的范围
也突然扩大了。只有在偏僻的夏日，
从白云里蹿出的是几匹
高大的白马，时间的鬃毛
几乎已碰到了树梢；受惊的太阳
看上去像一只通红的马蹄铁，
朝着宇宙的软肋滚落而去。
此时，如果你骑上石头，世界的速度
会明显放慢；如果你骑的，
是一头迷路的大象，它会带你
去寻找真正的同伴。

获救的时刻

爱与死之间的缝隙
只有大海的智慧可以润滑，
你想试试吗？

而大海有自己的使命——
为世界准备滔天的洪水；
将你卡住的缝隙

对蔚蓝的波涛来说
不过是龙虾的一个眼神。
不能呼吸，即不能想象你身上

另有他者。也许，你可以试试
抹香鲸下潜时的深度：
黑暗中的水冰冷刺骨，无形的

压力已将所有的缝隙消除，
就连最阴暗的否定性
也没能剩下半根骨头。

雪　盐

你应该另有饥饿，
才会在取舍之间，感觉到
它的晃眼中

似乎有一根尖利的银针，
一直想要刺穿
你脑海里充满泡沫的谎言。

关于味道的真实记忆
在你这里已恢复到何种程度，
它似乎另有测试的方法。

雪白和雪白之间
还是有区别的，它绝不只是
看上去比海盐更正派。

它不是一小撮。如果你
仍不打算对人生的味道负责，
它会加速搅拌，将你卷入辽阔的幻觉；

直到这回音："你快要被冻僵了"
听上去就像是有人
终于掌握了它正确的剂量。

岑寂学

心灵的气候，太冷僻。
甚至连可遇性都有点后悔
过早就卷入了我们的人性之谜。

可以预报的，不过是
一阵变色的灰云，
是如何环绕在世界的假象中的。

在我们周围，更多的，
是容易被认出的
沉寂。稍一对比，大多数人

很快就会被存在中
不可承受之轻，感动得只想
再换一条毛巾。

一个人假如真值得信任，
他悄悄介绍给我们的
归宿，必然经得起视野的磨损。

的确有过两种伟大的选择：
要么发明更深的寂静，
要么就坦然接受寂静对你我的塑造。

仅就戏剧性而言

一棵稻草也能轰然倒下。
你可以否认，但你不能
仅凭个人的偏见就断定
这是在对谎言进行美化。

如果这世界上，
只有你和一棵稻草
孤立在荒野中；一万年过去，
它也不会轰然倒下；

它顶多会在风干中化为齑粉；
混入泥土的胜利。但别忘了，
这世界上还有骆驼；
至少我见过，一只骆驼

轰然倒下时，它的嘴里含有
一棵稻草。我并不想说服你，
但那在轰响声中，仅就倒下而言，
稻草和骆驼是一体的。

图书在版编目（CIP）数据

世界太古老，眼泪太年轻 / 臧棣著. -- 武汉：长
江文艺出版社，2021.12
ISBN 978-7-5702-2422-7

Ⅰ.①世… Ⅱ.①臧… Ⅲ.①中国文学－当代文学－
作品综合集 Ⅳ.①I217.2

中国版本图书馆 CIP 数据核字（2021）第 201645 号

世界太古老，眼泪太年轻
SHIJIE TAI GULAO,YANLEI TAI NIANQING

策　　划：谈　骁

责任编辑：胡　璇　　王成晨　　石　忆　　责任校对：毛　娟

封面设计：祁泽娟　　　　　　　　　　责任印制：邱　莉　　王光兴

出版：长江出版传媒 长江文艺出版社

地址：武汉市雄楚大街 268 号　　　　邮编：430070

发行：长江文艺出版社

http://www.cjlap.com

印刷：湖北新华印务有限公司

开本：880 毫米×1230 毫米　　　1/32　　印张：8.75　　插页：4 页

版次：2021 年 12 月第 1 版　　　　2021 年 12 月第 1 次印刷

行数：5485 行

定价：58.00 元
